AF399456

M.L. Busch hat nicht Medienkommunikation studiert, ist keine Journalistin und arbeitet auch nicht für verschiedene Zeitschriften als freie Autorin. Sie wurde nicht bekannt durch Auftritte im Radio oder Fernsehen. Auch wöchentliche Kolumnen gibt es keine.

Die Autorin lebt in Nordrhein-Westfalen und schreibt „Tussi-Literatur". In ihren Happy-End-Geschichten geht es immer um die Liebe und das Leben. Auch im wirklichen Leben der Autorin gibt es den Humor, der regelmäßig in ihren Büchern zu finden ist.

M.L. Busch

MORGENS MORD, ABENDS GEBURTSTAG

Millie Hargrove ermittelt

Erstausgabe März 2025

Copyright © 2025 dp Verlag, ein Imprint der
dp DIGITAL PUBLISHERS GmbH
Made in Stuttgart with ♥
Alle Rechte vorbehalten

Morgens Mord, abends Geburtstag

ISBN 978-3-98998-697-8
E-Book-ISBN 978-3-98998-600-8

Covergestaltung: ArtC.ore-Design / Wildly & Slow Photography
Umschlaggestaltung: Christin Peulecke
Unter Verwendung von Abbildungen von
Shutterstock.com: © lovelyday12, © pambudi, © essense, © Steinar
Firefly: © Christin Peulecke
Lektorat: Daniela Guse
Satz: dp DIGITAL PUBLISHERS GmbH
Druck und Bindung: Books on Demand GmbH, Norderstedt

I

42 Tage bis zum 30. Geburtstag

Mein geliebter Tea-to-go-Becher fällt mir beinahe aus der Hand, als ich sehe, was da vor dem Hintereingang des Theaters abgestellt wurde. Wieso ist die Speditionskiste aus Übersee, die eigentlich erst nächste Woche geliefert werden sollte, schon da? Und warum hat Magnus, der als Regisseur und Leiter des Schauspielhauses für sämtliche Lieferungen verantwortlich ist, sie gestern nicht von den Leuten der Transportfirma ins Lager bringen lassen?

Magnus handelt leichtsinnig – oder er war schlichtweg zu beschäftigt, um sich zu kümmern.

Verdammter Theaterregisseur mit zu großem Ego!

Die enthaltende Fracht ist zu wertvoll, um sie achtlos herumstehen zu lassen. Natürlich ist es unwahrscheinlich, dass sich jemand in Beverlie Hills an meiner ausgefallenen Theaterdekoration vergreift. Trotzdem ist das kein Grund ein Risiko einzugehen.

Beverlie Hills, das nichts mit dem Beverly Hills in Los Angeles gemein hat, ist eine Kleinstadt im beschaulichen Idaho, wo nur selten Aufregendes passiert. Der Mord Ende letzten Jahres war eine Ausnahme. Für gewöhnlich sind wir hier eine friedliebende Gemeinschaft von gerade mal achttausend Einwohnern, die nicht zu Straftaten neigen.

Da die vier mal zwei Meter lange Holzkiste mit den chinesischen Schriftzeichen auf den ersten Blick ungeöffnet erscheint, beschließe ich, dass ich mir zu Unrecht Sorgen gemacht habe. Meine teure und sehr große Fracht ist noch da und alles ist gut.

Nichtsdestotrotz muss ich mir überlegen, wie ich diese Monstrosität, in der sich der Drache für unser nächstes Theaterstück *Glücksdrachen können nicht fliegen* befindet, ins Lager schaffe. Da die Theaterdekoration größtenteils aus Pappmaché und Stoffstreifen besteht, sollten Magnus und ich das irgendwie zu zweit hinbekommen. Höchstwahrscheinlich ist die Transportkiste schwerer als der Inhalt selbst.

Pulsierende Hochstimmung, die mich immer erfasst, wenn die Gestaltung des Szenariums in die Endphase geht, erfüllt mich. Als gelernte Schneiderin und Bühnenbildnerin, bin ich für die Kostüme sowie die Kulisse in unserem kleinen Theater verantwortlich.

Ob der Glücksdrache so aussieht, wie er im Katalog abgebildet ist? Reflektiert das Rot seiner Schuppen das Licht der Bühnenbeleuchtung und gibt dem magischen Geschöpf damit sein zauberhaftes Leuchten? Ich muss zugeben, dass ich gespannt bin, ob die Beschreibung des Herstellers nur heiße Luft ist oder der Realität entspricht. Meine Erwartungen sind hoch.

Nur selten können Magnus und ich über ein Budget verfügen, das teure Ausgaben wie diese erlaubt. Aber das Letzte Stück *Mord in rosarot* hat die Theaterkassen überdurchschnittlich gut gefüllt, sodass wir beschlossen haben, den Schub auszunutzen und den Einwohnern von Beverlie Hills bei der neuen Theaterproduktion etwas Gigantisches zu bieten. Der Drache kommt direkt aus China und ist hoffentlich – *bitte, bitte* – so authentisch, wie er in der blumigen Beschreibung angepriesen wurde.

Künstliche Intelligenz lässt grüßen.

Voller Vorfreude nähere ich mich der ersehnten Lieferung und muss feststellen, dass meine Augen mich getäuscht haben. Der Deckel liegt nur auf – die Kiste ist unverschlossen.

Merkwürdig. Wer hat die Kiste geöffnet?

Mein Puls beschleunigt sich.

Was zum Teufel …

Ein ungutes Gefühl breitet sich in Rekordgeschwindigkeit in mir aus und bringt mein Herz zum Stolpern.

Hat Magnus den Glücksdrachen doch schon ins Lager geschafft? Allein? Unter Umständen passte die monströse Speditionskiste nicht durch die Tür und er musste sie gestern an Ort und Stelle ausräumen?

Möglich wäre es.

Mit der freien Hand schiebe ich den schweren Deckel zur Seite und befriedige meine Neugier. In der Erwartung entweder einen Glücksdrachen oder gähnende Leere vorzufinden, beuge ich mich vor und starre …

Ach. Du. Grüne. Neune.

Einen spitzen Schrei ausstoßend lege ich mir die Hand über den Mund und starre auf Ungeheuerliches. Mein Puls, der sich gerade erst beruhigt hatte, rast los.

Grundgütiger! Ich sehe keinen chinesischen Glücksdrachen, auch keine gähnende Leere, sondern eine täuschend echt aussehende menschengroße Nachbildung eines asiatischen Kochs, dem ein ziemlich großes Messer aus der Brust ragt. Da die Speditionskiste für etwas viel Größeres gemacht wurde, wirkt die Wachsfigur darin, die sitzend mit ausgestreckten Beinen gegen die Innenseite lehnt, klein und verloren.

„Nein! Bitte nicht. Womit habe ich das verdient?" Einem inneren Impuls folgend, trete ich gegen die Kiste. „Verdammte Halloweendekoration!"

Liebe Theatergötter im Himmel oder anderswo, ich brauche einen rot-goldenen Glücksdrachen und keinen übergewichtigen chinesischen Koch mit roten Pausbäckchen.

Vor Entsetzen spüre ich, wie mir die Farbe aus dem Gesicht weicht, während ich über Reklamationen und entsetzlich lange Lieferzeiten nachdenke. Müssen wir die Premiere von *Glücksdrachen können nicht fliegen* verschieben? Wie sollen wir das Stück ohne die Hauptfigur aufführen?

Bitte nicht. Schon beim letzten Theaterstück hatten wir Probleme den Premierentermin einzuhalten. Das darf nicht zur Gewohnheit werden.

Eins ist sicher: Ohne die Dekoration ist eine Aufführung unmöglich.

Kein Glücksdrache, keine Premiere.

So sind die Tatsachen.

Warum muss bei mir immer alles mit einer Katastrophe anfangen. Das Theater hat eine Fehllieferung bekommen und wie ich Magnus Daytan kenne, erwartet er, dass ich mich darum kümmere, gleich nachdem ich mein Büro betreten habe. Auf keinen Fall wird er die Verantwortung für dieses Dilemma übernehmen. Magnus ist stets frei von Fehlern. Teufel auch! Dabei habe ich den Drachen nur ausgesucht, bestellt hat Magnus ihn.

Was für ein verheerendes Drama.

Übelkeit steigt in mir auf und lässt die wenigen Schlucke meines Earl Grey Tees, die ich vorhin zu mir genommen habe, im Karussell fahren. Hoffentlich bekomme ich rechtzeitig ein neues rot-goldenes Schätzchen und hoffentlich erstattet der Absender uns die Kosten für die Fehllieferung. Denn auch wenn wir in diesem Quartal über ein höheres Budget verfügen, zum Fenster rauswerfen können wir das Geld trotzdem nicht.

Sollten Glücksdrachen nicht Glück bringen? Mein Glück scheint mir, genau wie der Drache, abhandengekommen zu sein.

Am liebsten würde ich gleich noch mal gegen die Kiste treten, um meinen Frust loszuwerden. Nur weil ich keinen gebrochenen Zeh riskieren möchte, reiße ich mich zusammen und verziehe stattdessen das Gesicht.

„Hast du dir an deinem Tee die Lippe verbrannt, oder warum schaust du so frustriert und gequält drein?"

Rick Moreno!

Natürlich ist der Sheriff der Stadt genauso früh auf den Beinen wie ich, und so guter Laune, um freche Sprüche zu klopfen. Seine heiteren Schwingungen, denen ich mich meist nur schwer entziehen kann, haben mir gerade noch gefehlt.

„Nein, verbrannt habe ich mich nicht", antworte ich und sehe, dass er Uniform trägt und offenbar auf dem Weg ins Büro ist. „In meinem Gesicht spielt sich nur die Reaktion auf einen echten und wahrlich folgenschweren Unglücksfall ab." Kaum ausgesprochen schüttele ich den Kopf und seufze verzweifelt. Seine gute Laune wird heute nicht auf mich überspringen.

„Interessant. Sag nicht, du hast wieder eine Leiche gefunden?" Moreno lacht über seinen eigenen Witz und hakt die Daumen in seinen Gürtel, an dem neben seiner Schusswaffe noch einiges andere befestigt ist.

„Nein, keine Leiche", sage ich und rücke, immer noch einhändig, den schweren Deckel vollständig von der Kiste, sodass er mit einem lauten Rums zu Boden kracht. Anscheinend verleiht mein Frust mir ungeahnte Kräfte. „Nur Halloweendekoration! Gruselige Puppen, die Madame Tussauds alle Ehre machen würden, kommen zur Kürbiszeit niemals aus der Mode, darauf kann man sich in Amerika getrost verlassen."

Rick stellt sich, in die Kiste starrend, neben mich und wirkt plötzlich ungewöhnlich still.

Warum sagt er nichts? Und warum bekommt sein Blick diesen geistesabwesenden Ausdruck, den er immer aufsetzt, wenn er angestrengt nachdenkt? Obwohl ich den Mann neben mir erst ein paar Monate kenne, ahne ich nichts Gutes. Sicher hat unser Sheriff eine Meinung, die er mir in wenigen Augenblicken mitteilen wird.

„Millie?"

„Ja, ich weiß was du sagen willst. Meine Probleme ..."

„Nein, weißt du nicht."

… nehmen nie ein Ende, denke ich und bade einen Augenblick in Selbstmitleid.

Moment?

„Weiß ich nicht?" Jetzt bin ich überrascht.

„Warum sieht deine Halloweendekoration aus wie der neue Koch des Asia-Restaurants, das Anfang letzten Monat gegenüber dem B&B eröffnet hat?", fragt Rick, ohne den Blick von besagtem Koch abzuwenden.

Was?

Nein! Das kann nicht sein!

„Du glaubst, die gruselige Puppe mit dem schlechten Haarschnitt und den gepuderten Wangenknochen ist echt? So richtig echt? Menschlich echt? Mit Haut und Knochen und allem was dazu gehört?" Erschrocken und voller Entsetzen trete ich einen Schritt zurück, wippe mit dem Kopf und umklammere beidhändig meinen Tea-to-go-Becher, als wäre er ein Rettungsanker. Die Erkenntnis einen Toten vor mir zu haben, den ich für eine gutgemachte Nachbildung gehalten habe, schockiert mich.

Wie unsensibel von mir.

Mir ist schlecht.

„Aber da ist so wenig Blut", sage ich, in der Hoffnung, dass Rick sich täuscht, weil der Koch des neuen Asia-Restaurants möglicherweise ein Allerweltsgesicht hat. „Müsste da nicht viel Blut sein? An der Puppe – an dem Menschen?", korrigiere ich mich und lege mir eine Hand über den Mund, da ich das Gefühl habe, mich in wenigen Augenblicken übergeben zu müssen. „Sollte mir ein Messer bis zum Heft in der Brust stecken, würde ich definitiv zu bluten anfangen?" Der Laut, der mir hinter vorgehaltener Hand über die Lippen kommt ist Lachen und Entsetzen zugleich. Meine Nerven sind nach dem letzten Leichenfund nicht mehr dieselben. Der tote Kirby King, Star von *Mord in rosarot*, sollte eine Ausnahme bleiben. Eine einmalige und nie wieder vorkommende Ausnahme.

Offensichtlich hat mein Gehirn sich bereits abgeschaltet und auf Notstrom umgestellt. Ich rede Unsinn.

„Warum in der Kiste oder an der Kochjacke kaum Blutspuren sind, kann ich dir nicht erklären, Millie. Für die Beweisaufnahme ist die Spurensicherung zuständig." Moreno tritt neben mich und legt mir einen Arm um die Schulter. „Vielleicht solltest du dich einen Moment hinsetzen." Seine Stimme ist hilfsbereit – besorgt. Wie so oft, wenn es um mich geht.

„Ist schon okay. Mir geht es prächtig. Alles paletti." Mein Körper übernimmt die Führung, lehnt sich wie magnetisch angezogen gegen ihn und straft meine Aussage Lügen. „Ist nicht meine erste Leiche, die ich finde – ha ha!" Wieder entschlüpft mir dieser Laut zwischen Lachen und Entsetzen, während ich an den armen Kirby denke, der seinen Tod auf der Bühne gefunden hat.

Warum nur? Wie kann ich dieses überdrehte Verhalten abstellen? Mein Benehmen ist unangemessen und wenig würdevoll dem toten Koch gegenüber.

Rick umklammert mich fester, schiebt mich weiter weg von der Kiste und zieht mit der freien Hand sein Handy aus der Gesäßtasche. Nachdem er das Display entsperrt hat, drückt er die Kurzwahltaste.

Da der Mann, in dessen Armen ich mich befinde, gut riecht, nach Sandelholz und etwas ausgesprochen Männlichem, drehe ich meinen Kopf so, dass ich mich an seine Brust kuscheln und weiterhin meinen Becher umklammern kann. Sofort entspannt sich meine Körperhaltung und die Schultern sacken ein wenig nach unten.

Es gibt eine Leiche in unserem beschaulichen und überaus idyllischen Beverlie Hills. Wieder mal.

Wieso nur?

Wenn das so weitergeht, verliert das Theater seinen guten Ruf. Dann wird aus dem Schauspielhaus ein Mordspielhaus.

„Sam?" Ricks Brust vibriert, als er mit dem Deputy seiner Polizeistation spricht. „Sheriff Moreno hier. Komm bitte zum Theater und verständige auch das Team der Spurensicherung. Millie und ich haben gerade eine Leiche gefunden."

2

Sam, der nicht nur Deputy, sondern mir auch ein guter Freund ist, hat mir gerade einen frischen Tee und ein Croissant gereicht, um meinen nervösen Magen zu beruhigen. Noch bevor das Team der Spurensicherung angerückt war, hat er mich ins Innere des Theaters begleitet und auf die Bank hinter der Bühne gesetzt. In der Regel warten hier die Schauspieler während der Aufführung auf ihren Einsatz.

Für seine Weitsicht, mir weit weg von der Leiche einen Platz zu besorgen, bin ich dankbar. Genau wie für den Tee und das Croissant, das Sam mir netterweise gebracht hat. Obwohl ich mich wie ein außerordentlicher Pflegefall fühle, bin ich nicht sicher, ob ich es noch mal verkraftet hätte, zuzusehen, wie eine Leiche in einen schwarzen Sack gehüllt und weggebracht wird. Ob die Spurensicherung wieder Fotos schießt und kleine gelbe Schildchen mit Nummern aufstellt?

Wobei ... unter Umständen stellen sie keine Schildchen auf. Beim letzten Mal haben sie es nicht gemacht. Kirbys Spuren wurden nicht durchnummeriert.

Von meinen wirren Gedanken überfordert trinke ich einen Schluck Tee und beiße anschließend in das frische, noch leicht warme Gebäck in meinen Händen. Bestimmt hat Sam es aus dem City-Café geholt. Bei *Rosies* gibt es die besten Schinken-Käse-Baguettes von ganz

Beverlie Hills. Die goldgelben Buttercroissants mit pikanter Hackfleisch- und Petersilienfüllung stehen erst seit letztem Monat auf der Speisekarte und sind bei den Einwohnern der Stadt der Renner. Ich selbst bin schon dazu übergegangen, mir wenigstens einmal die Woche eins dieser kleinen verführerischen Dinger mit zu vielen Kalorien zu gönnen. Hoffentlich wird mein Cholesterinspiegel mir die Sünde auf Dauer verzeihen.

„Millie?" Rick steht mit leidgeplagter Miene vor mir und winkt mit der Hand vor meinen Augen. Wo ist er so plötzlich hergekommen? „Du siehst blass aus. Wieder mal."

Erwacht aus meiner Trance kaue und schlucke ich, ohne wirklich zu schmecken, bevor ich antworte. „Ich habe eben keinen mediterranen Hautton", versuche ich einen Witz zu reißen, der irgendwie nicht zündet.

Rick geht nicht darauf ein. Dafür hockt er sich vor die Bank, um mit mir auf Augenhöhe zu sein. „Kann ich dir ein paar Fragen stellen?" Er mustert mein Gesicht. „Fühlst du dich dem gewachsen?" Rücksichtsvoll legt er mir eine Hand aufs Knie.

Anscheinend ist es offensichtlich, dass mich dieser Mord mehr mitnimmt als der letzte. Was liest er wohl in meinem Gesicht? Schuldgefühle? Ein schlechtes Gewissen?

Wie konntest du den armen Koch nur für Halloweendekoration halten, Millie?

„Natürlich kannst du mir Fragen stellen", antworte ich tapfer und klopfe nach langem Ausatmen auf den Platz neben mir. „Aber bitte setz dich. Es sieht ziemlich unbequem aus, wie du da vor mir kauerst."

Rick schenkt mir ein Lächeln und erfüllt mir meinen Wunsch. Seine Knie werden es mir später danken.

„Also …", fange ich an und wappne mich auf alles was da kommt. „Was möchtest du wissen? Ich habe den Koch nicht umgebracht", erkläre ich und hebe den Kopf, damit ich ihn ansehen und er in mein Gesicht blicken kann. Gerne darf er den Wahrheitsgehalt in meiner Mimik überprüfen.

Rick verzieht einen Mundwinkel, als würde er nur mit Mühe ein warmes Lächeln zurückhalten können. „Das habe ich auch nicht angenommen." Er ist jetzt ganz der professionelle Sheriff, der sich auf seine Arbeit konzentriert. Deshalb unterdrückt er auch das Lächeln, das er mir scheinbar zu gerne schenken würde.

„Gut." Ich nicke – leider etwas zu heftig. Besser ich bekomme mich und meine Überreaktionen bald unter Kontrolle.

„Die Transportkiste … Hast *du* sie geöffnet?", fragt Rick, ohne mich aus den Augen zu lassen.

„Nein, sie stand bereits einen Spalt offen. Der Deckel lag nur auf. Die Nägel, mit denen die Kiste verschlossen war, waren schon entfernt."

„Wir haben sie auf dem Boden gefunden", bestätigt Rick.

„Ich habe sie nicht rausgezogen", fühle ich mich genötigt zu sagen.

Jetzt ist es an unserem Sheriff übertrieben zu nicken. Er scheint in Gedanken bereits die nächste Frage zu formen.

„Was sollte in der Speditionskiste ursprünglich drin sein? Bei der Größe gehe ich davon aus, dass es sich um einen Teil für die neue Bühnendekoration handelt?"

„Ja, genau. In der Kiste sollte ein mannshoher und fünf Meter langer rot-goldener Glücksdrache liegen. Und eigentlich sollte die Speditionsgesellschaft sie nicht vor der Tür abstellen, sondern bis ins Lager bringen." Das letzte sage ich mit dem nötigen Unmut in der Stimme. Der Verlust des Drachens wird uns Kopf und Kragen kosten.

„Die Schuld nehme ich auf mich", tönt eine Stimme aus dem Off. „Das Büro war nur ein Stündchen unbesetzt, weil ich in die Reinigung musste, um meine neue Fischgrat-Tweed-Weste abzuholen, auf der ich einen Kaffeefleck hatte. Entschuldige, Millie, leider konnte ich die verfrühte Lieferung nicht annehmen." Magnus *der Große* Daytan, ehemaliger Entfesselungskünstler und jetzt Regisseur des Beverlie Hills Theaters, stellt sich mit geknickter Miene vor die Bank, auf der Rick und ich sitzen. „Es tut mir leid." Die Diva verzieht theatralisch das Gesicht. „Wie ich höre, ist der Koch vom Chinarestaurant tot und der Glücksdrache verschwunden. Was für ein Mist."

„Asia-Restaurant", korrigiere ich unnützerweise meinen einzigen Kollegen. „Der Koch des Chinarestaurants lebt noch."

Magnus, dem kaum etwas wichtiger ist, als sein äußeres Erscheinungsbild, fährt sich über die ergrauten Haare, die wie immer ordentlich zu einem tiefsitzenden Pferdeschwanz zusammengebunden sind. „Asia ... China ... Ist das nicht alles das gleiche? Mir schmeckt nichts von dem Zeug mit zu viel Sojasauce." Er schüttelt sich. „Und dann soll ich dort auch noch mit Stäbchen essen. Nein, danke."

„Es ist nicht alles das Gleiche", funkele ich böse, weil Magnus Schuld daran hat, dass der für uns so wichtige Drache verschwunden ist. Der Eitle schafft es nicht mal einen halben Tag ohne seine geliebte Weste herumzulaufen. „Das Mandarin hat noch einen Koch, der Asia Garden nicht mehr. Darin liegt der Unterschied."

„Auch gut." Magnus wirkt genauso angefressen wie ich. Natürlich aus denselben Gründen. Auch er ist sich bewusst, dass wir erneut Probleme bekommen werden, den Premierentermin einzuhalten, sollte der Drache verschwunden bleiben. „Wir brauchen sowieso keine zwei Chinarestaurants in der Stadt."

Gerade möchte ich den Mund aufmachen, um zu protestieren und Partei für den neueröffneten und wirklich wunderschönen Asia Garden zu ergreifen, da stoppt Rick mich, indem er mir das Knie tätschelt.

„Äh!" Er wirft einen angespannten Blick von Magnus zu mir. „Wo könnte eure Drachendekoration denn sein? Hat einer von euch eine Vermutung? In einer Handtasche wurde sie sicher nicht weggetragen."

Seit Rick in den Fängen des Entfesselungskünstlers gelandet ist und von mir befreit werden musste, hat er ein gespaltenes Verhältnis zu dem stolzen Sechzigjährigen. Wer kann es ihm verdenken. Keiner möchte für Stunden in Ketten auf einen Stuhl gefesselt werden. Eine solche Behandlung hinterlässt Spuren.

Magnus schnaubt.

„Wahrscheinlich hat der Besitzer des Mandarin den Mord begangen, unseren Glücksdrachen geklaut und anschließend den toten Koch in die Speditionskiste geworfen. So ein hübscher chinesischer Drache ist sicher eine passende Dekoration für sein Restaurant." Er richtet die Knopfleiste seiner grauen Fischgrat-Tweed-Weste, die schuld daran ist, dass Magnus die Lieferung gestern nicht entgegengenommen hat. „Wäre ich du, würde ich dort mal vorbeischauen, Sheriff."

Bitte? Der Drang, mir die Haare zu raufen, ist groß. Leider habe ich beide Hände voll.

Wie kann Magnus Anschuldigungen aussprechen, ohne Beweise zu haben? Der Mann ist launenhaft, unberechenbar und ein Exzentriker.

„Niemals", sage ich entsetzt. „Keiner begeht einen Mord, nur weil das eigene Restaurant Konkurrenz bekommen hat. Unser Mandarin hat einen ausgezeichneten Ruf und braucht nicht um seine Gäste zu fürchten. Du redest totalen Unsinn, Magnus."

„Äh!" Wieder ist es Rick der dazwischengeht, bevor *der Große* Daytan mit mir zu streiten anfängt. „Wir werden den Drachen finden. Und den Mörder." Er erhebt sich. „Vielleicht solltet ihr euch beide gemeinsam einen Moment Zeit nehmen, um runterzukommen." Sein Blick wandert zu mir. „Setz dich in dein Büro, Millie, und nimm Magnus mit. Ich spreche mit der Spurensicherung und komme anschließend mit neuen Informationen zu euch."

***

Rick hält Wort und kommt eine halbe Stunde später zu mir ins Büro. Ich bin allein. Magnus hat das Theater verlassen und schmollt. Der Mann, mit dem ich unser beschauliches Theater führe und der sich nicht selten wie ein verzogenes Kind verhält, wäre gerne sauer auf

19

mich, aber dieser Fehler geht eindeutig auf sein Konto. Er ist der, der Mist gebaut hat.

Mir ist nicht entgangen, dass seine blöde Weste enger als sonst saß. Unter Umständen ist sie in der Reinigung eingelaufen. Geschieht ihm recht. Sollte er die Knöpfe versetzen oder den Rücken ändern lassen müssen, braucht er nicht zu mir zu kommen. Dann kann er zusehen, wo er eine fähige Schneiderin herbekommt.

„Ist Magnus weg?", fragt Rick, während er sich suchend im Büro umsieht.

„Jep. Gott sei Dank. Ich bin so was von sauer auf ihn, das kannst du dir nicht vorstellen." Ich seufze tief und lange, wie es mir an einem Morgen wie diesem zusteht. „Bitte sag mir, dass du meinen wunderschönen und perfekt zu unserem Stück passenden Glücksdrachen gefunden hast. Liegt er zufällig auf der Rückseite des Gebäudes? Bei den Müllcontainern vielleicht? Da habe ich noch nicht nachgesehen. Irgendwo muss er sein." Zutiefst erschüttert stöhne ich erneut und reibe mir die Stirn. „Verdammt, er ist riesengroß und kann sich nicht in Luft aufgelöst haben."

„Nein, tut mir leid." Ricks Miene und auch sein Tonfall strahlen Mitgefühl aus. „Der Drache scheint nicht im oder hinterm Theater zu sein. Keiner aus meinem Team hat eine Spur von deiner fehlenden Theaterdekoration."

„Wenn der Mörder ihm etwas angetan, ihn womöglich mit einem seiner tödlichen Messer zerschnitten hat ..."

Was für eine grauenhafte Vorstellung.

Millie, du hast Muttergefühle.

Wüst fahre ich mir durch die Haare und hadere mit mir selbst, weil ich mich um einen Haufen Pappmaché sorge, anstatt den Toten in der Kiste zu betrauern. Er hat sein Leben verloren, ich nur meine Bühnendekoration.

„Verdammter Mist!" Am liebsten würde ich meinen Frust an einem Boxsack abreagieren.

„Kanntest du den Toten?", fragt Rick mich und nähert sich meinem Schreibtisch. Er bewegt sich langsam, als hätte er meine Gedanken gelesen und befürchtet, ich könnte ihn als Boxsack benutzen wollen.

„Nein." Ich stoße einen gequälten Laut aus und lasse die verspannten Schultern sinken. „Sonst hätte ich ihn sicher nicht für eine schlecht fabrizierte Wachsfigur gehalten." So frei von der Leber weg rede ich nur mit unserem Sheriff, weil ich das Gefühl habe, der letzte Mordfall hat uns zu Freunden gemacht. Irgendwie zusammengeschweißt.

„Sei nicht zu streng mit dir. Es ist verständlich, dass du dich geirrt hast. Wer rechnet schon damit, einen Toten in seiner Bestellung zu finden."

„Genau." Zum Glück ist Rick nachsichtig mit mir.

„Ich rekapituliere mal. Gestern, höchstwahrscheinlich im Laufe des Nachmittags, kam eure Lieferung aus Übersee. Magnus war in der Reinigung, weswegen die Kiste auf der Rückseite des Theaters abgestellt wurde."

„Ja."

„Wo warst du zu dem Zeitpunkt?"

Ich nehme Rick die Frage nicht übel. Er hat mir bereits bestätigt, dass er mich nicht für die Mörderin hält.

„Zuhause, in meiner privaten Schneiderei, wo ich ohne Magnus, der mich ständig stört, mehr Ruhe habe.

Die Kostüme für *Glücksdrachen können nicht fliegen* brauchen noch einige Nachbesserungen."

„Hast du eine Ahnung, wer der Speditionsgesellschaft die Annahme der Kiste bestätigt hat? Jemand muss die Lieferung quittiert haben."

„Nein. Keinen blassen Schimmer." Sicher hat nicht der Mörder unterschrieben. Das wäre ein echter Anfängerfehler.

„Wir werden das überprüfen. Aber ich mache mir wenig Hoffnung, dass die Unterschrift lesbar ist und uns einen Hinweis auf den Täter gibt."

Einen Moment hängen wir beide unseren Gedanken nach und schweigen. Irgendwann hat es den Anschein, als würde Rick über eine schwer zu stellende Frage nachdenken.

„Warst du schon im neu eröffneten Asia Garden essen?", platzt es im nächsten Augenblick aus ihm heraus.

„Ja, letzte Woche, gleich am Eröffnungstag habe ich dort das Kung Pao Huhn probiert." Ich lege mir die Hand auf den Bauch, weil ich mich erinnere, wie vollgefressen ich an dem Tag nach Hause gekrochen bin. „Sehr lecker – nein, unglaublich lecker. Meine Empfehlung hat der Laden jedenfalls."

Rick Moreno und ich teilen eine Vorliebe für chinesische Mikrowellengerichte. Oder besser gesagt, eine Vorliebe für schnell zubereitetes Essen.

„Ist dir an dem Messer, das in der Brust des Toten gesteckt hat, etwas aufgefallen?" Rick kommt zum eigentlichen Thema zurück und lässt sich auf den freien Stuhl vor meinem Schreibtisch fallen. Mit seiner Körpergröße von mindestens ein Meter neunzig und den breiten Schultern füllt er den Stuhl mehr als aus.

„Nein. Das Ding war groß und saß tief und mittig zwischen den Rippen des armen Opfers." Ein Kochmesser eben. „An mehr erinnere ich mich nicht."

„Ich finde, es sah irgendwie ungewöhnlich aus." Rick streicht sich über das unrasierte Kinn. Er denkt eindeutig scharf nach.

„Wie ungewöhnlich? Da musst du wohl deutlicher werden."

Der Mann vor mir seufzt und hört auf, sich über die Stoppeln zu fahren. „Der Messergriff bestand aus unbehandeltem Ebenholz", erklärt er. „Aber der Schaft war nicht ergonomisch geformt, sah sogar irgendwie selbst geschnitzt und in sich verdreht aus. Die Mordwaffe hat garantiert nicht gut in der Hand gelegen."

„Wahnsinn. Du besitzt Fachwissen über Messer?" Wie überraschend.

Bisher dachte ich, Rick kennt sich nur mit antiken Stühlen aus. Der Mann vor mir ist nämlich ein begeisterter Stuhlsammler. Ob alt oder von einer berühmten Persönlichkeit, Rick ist an dem Sitzmöbel interessiert.

„Ich bin Sheriff", sagt Rick, leicht entrüstet. „Ein gewisses Verständnis sowie grundlegende Kenntnisse von Stichwaffen gehören zu meinem Beruf."

Da ist aber jemand empfindlich.

„Also für mich sah das Messer wie jedes andere große Küchenmesser aus. Aber ich habe auch nicht richtig hingesehen." Wieder kommt mir ein Seufzen über die Lippen. „Der Schock, dass mein ersehnter Glücksdrache nicht in der Speditionskiste lag, war zu groß."

„Hm." Rick scheint erneut mit seiner Aufmerksamkeit weit weg.

Plötzlich durchzuckt mich ein Gedanke. Ich ziehe die Schreibtischschublade auf und wühle in den Papieren und dem Krempel, den ich achtlos hineingeworfen habe. „Irgendwo muss es sein", spreche ich mit beiden Händen in meiner Kramschublade stöbernd.

„Was suchst du?"

„Warte einen Moment. Ich weiß, dass es hier irgendwo ist. Ich bin mir sicher, es gestern noch in der Hand gehabt zu haben."

„Millie ..." Ricks Stimme klingt angespannt. Gleich hat er genug von meinem Gewühle. Ich spüre es.

„Bingo! Da ist es." Strahlend reiche ich unserem Sheriff den handlichen Zettel in Babyrosa, der sich unter einer Tüte saurer Weingummischnüre versteckt hatte.

„Was ist das?" Rick studiert das Papier.

„Die Ausschreibung, oder besser gesagt, die Einladung, hat mir der Bürgermeister von Scott Hills zukommen lassen. Die Stadt hat diese und nächste Woche anlässlich des alljährigen Handwerkermarktes einen *Wettkampf der Messerschmiede*. Und weil der Marktplatz von Scott Hills momentan wegen umfangreicher Tiefbauarbeiten nicht betreten werden kann, möchte der Bürgermeister die Preisvergabe für die Schmiedekünstler im Beverlie Hills Theater abhalten."

„Interessant." Ricks Stirn runzelt sich.

Erfreut, weil ich unserem Sheriff auf die Sprünge helfen konnte, gönne ich mir ein breites Grinsen. „Vielleicht hat einer der dortigen Messerschmiede die Mordwaffe gemacht", spreche ich meine Vermutung laut aus.

3

41 Tage bis zum 30. Geburtstag

„Was hast du eigentlich zu deinem Geburtstag geplant?", begrüßt Magnus mich am nächsten Morgen, als wäre gestern nichts gewesen und ich hätte keinen Toten vor dem Theater gefunden. „Du wirst dreißig. In dem Alter sollte groß gefeiert werden", sagt er und lässt sich auf seinen geliebten Bürostuhl nieder, bei dem das abgenutzte Leder wie immer fürchterlich knatscht.

Magnus und ich, wir teilen uns ein Büro, weil es praktischer ist und ich mich sowieso nur selten hinterm Schreibtisch aufhalte. Meist bin ich in der Schneiderei, der Werkstatt oder auf der Bühne mit der Kulisse beschäftigt.

„Gar nichts. Ich feiere meinen Geburtstag dieses Jahr nicht. Er fällt aus. Ich muss einen neuen Glücksdrachen organisieren und habe bis zur Premiere noch alle Hände voll zu tun. Da bleibt keine Zeit für Vorbereitungen und erst recht nicht für die Party selbst."

Endlich mal etwas Positives. Vielleicht bringen der Glücksdrache und sein Verschwinden mir doch Glück.

Unter Umständen ist er verschwunden, damit ich um die lästige Feier, die jeder bei einem runden Geburtstag erwartet, herumkomme. Ein echtes Partymäuschen bin ich nämlich nicht. Nur ungern stehe ich im Mittelpunkt des Geschehens. Meine Berufswahl als gelernte

Schneiderin und Bühnenbildnerin ist das beste Beispiel. Wenn die Show beginnt und der Vorhang sich hebt, ist meine Arbeit getan und ich kann mich zurückziehen und den anderen Raum zum Glänzen geben. Selbst glänzen möchte ich nicht. Auch nicht auf meinem Dreißigsten.

„Du solltest darüber nochmal nachdenken", erklärt Magnus mir mit einem mahnenden Unterton. „Deine Freunde erwarten eine Party."

„Wahrscheinlich." Ohne die Ausrede, mich um eine neue Bühnendekoration kümmern zu müssen, würde ich zumindest eine kleine Feier organisieren müssen. Betsy, meine selbsternannte neue beste Freundin, kann bei solchen Dingen ziemlich hartnäckig sein. Bei Gesellschaften, die Männer und Vergnügen versprechen, versteht sie keinen Spaß. Da muss alles perfekt sein. Ein Partyausfall, ohne triftigen Grund, wäre für sie undenkbar.

Magnus möchte gerade noch etwas hinzufügen, da fällt mir das Funkeln an seinem linken Ohr auf. Sofort hebe ich die Hand, um seine Worte im Keim zu ersticken.

„Heiliges Klunkerchen! Hast du dir tatsächlich ein Ohrloch stechen lassen?" Den Blick kann ich beim besten Willen nicht abwenden.

„Nein." Magnus dreht sich ins Licht, damit ich auch das andere Ohr sehen kann. „Ich habe mir *zwei* Löcher stechen lassen."

Teufel!

„Wieso?" Das Wort rutscht mir einfach heraus. Vielleicht bin ich altmodisch, aber ich kenne keinen Sechzigjährigen, der spontan auf eine solche Idee kommt.

„Sam trägt seit Neustem Ohrringe und ich finde die kleinen Zirkoniastecker stehen ihm ausgezeichnet. Da dachte ich ..."

Moment! Halt! Stopp!

Was habe ich verpasst?

„Sam hat sich Ohrlöcher stechen lassen? Der Deputy Sheriff?", frage ich völlig fassungslos.

Wie konnten mir diese funkelnden Hingucker entgehen? Warum sind sie mir nicht aufgefallen, als er mir gestern das Croissant gebracht hat? „Unser Samuel Denby, den meinst du doch, oder?", erkundige ich mich noch mal, weil ich es kaum glauben kann und Magnus nicht reagiert.

„Ja, genau der."

„Warum?" Wieder rutscht mir das Wort ohne Kontrolle heraus, so überrascht bin ich. Niemals hätte ich gedacht, dass der schüchterne Sam zu Glitzer und Glamour neigt.

Magnus kichert übertrieben und irgendwie kindisch. „Ich glaube, Sam will Akzente setzen und hat die Hoffnung, dass ihn der moderne Schmuck schwul aussehen lässt."

„Bitte?"

Überfordert von dem Gehörten setze ich mich aufrechter und sortiere meine wirren Gedanken. Was ist in den letzten Tagen Wichtiges an mir vorbeigegangen? Seit wann sind Ohrringe bei Männern ein Zeichen dafür, auf das gleiche Geschlecht zu stehen?

„Sam hofft darauf, dass ihn die Frauen von Beverlie Hills in Ruhe lassen, wenn er vorgibt schwul zu sein", setzt Magnus zu einer Erklärung an. „Offensichtlich kann der Arme sich vor frivolen Angeboten und Hinternklopfern in den unpassendsten Momenten nicht mehr retten. Und da die *Old Ladys* vom Strickklub ihn von jeher für schwul gehalten haben, hat er beschlossen, das zu seinem Vorteil zu machen."

Armer Sam.

Verständnis und Mitgefühl für unseren Deputy überkommen mich.

„Verstehe." Samuel Denby hat in unserem letzten Theaterstück *Mord in rosarot* die Rolle des Ladykillers übernommen. Der sonst so zurückhaltende Deputy Sheriff hat auf der Bühne seine kreative Ader entdeckt und hochkarätig abgeliefert. Dass er im letzten Akt blankgezogen hat, hat alle Anwesenden überrascht und wahre Begeisterungsstürme ausgelöst. Vor allem bei den Frauen in der ersten Reihe. Zwar war Sams Engagement gut für unsere stets leere Theaterkasse, allerdings beschert ihm seine Leidenschaft für die Herzensbrecher-Rolle wohl im Nachhinein eine Menge Ärger.

Bedauerlicherweise gibt es in Beverlie Hills einen deutlichen Frauenüberschuss. Kein Wunder, dass Sam sich, nach der Dernière von *Mord in rosarot*, weniger Aufmerksamkeit wünscht. Junge attraktive Männer sind in Idahos Kleinstadt nämlich Mangelware. Trotzdem sollte die Männerwelt nicht zu außergewöhnlichen Mitteln greifen müssen, um ihre Ruhe zu behalten.

Aber Ohrringe?

Immer noch kann ich es nicht fassen.

Interessante Methode, um eine Deeskalation der Situation zu verhindern. Bestimmt stehen sie ihm ausgezeichnet und bewirken das genaue Gegenteil bei den

Frauen. Wundern würde mich das jedenfalls nicht. Samuel ist verdammt maskulin, auf unscheinbare Art attraktiv und kann in meinen Augen alles tragen. Auch Ohrringe.

Magnus räuspert sich. „Gibt es schon Neuigkeiten von Sheriff Moreno? Hat er unseren Glücksdrachen gefunden?"

„Nein." Ernüchtert seufze ich. „Ich mache mir auch keine großen Hoffnungen, dass das noch etwas wird. Moreno hat mit dem Mordfall genug um die Ohren. Seine Zeit ist begrenzt. Er kann sich nicht auch noch um meinen verlorengegangenen Kram kümmern. Etwas Derartiges möchte ich nicht von ihm verlangen." Ein Räuspern kommt mir über die Lippen. „Soweit ich weiß, ist unser Sheriff heute Morgen nach Scott Hills gefahren, um mit dem Bürgermeister über die Mordwaffe zu sprechen und einige der angereisten Schmiedekünstler zu befragen."

„Verstehe." Magnus nickt und fasst sich ans linke Ohr, das rot und leicht geschwollen aussieht.

Dass ich mich in der Mittagspause selbst auf die Suche nach dem Drachen machen werde, erzähle ich unserem Theaterregisseur nicht. Nachher verpetzt er mich bei Rick. Unser Sheriff mag es nämlich überhaupt nicht, wenn Außenstehende sich einmischen.

Und da ich vorhabe, den Besitzer und möglicherweise auch den Koch des Mandarin auszuquetschen, ist es wohl besser, mein Vorhaben nicht an die große Glocke zu hängen.

Magnus' Theorie, jemand aus dem Mandarin könnte den Koch des Asia Gardens umgebracht und unseren chinesischen Drachen für eigene Zwecke gestohlen haben, sollte zumindest überprüft werden. Auch wenn für eine solche Tat jegliche Beweise fehlen und mich gestern allein der Gedanke empört hat.

Heute, nach einer schlaflosen Nacht, denke ich aufgeschlossener. Eine Überprüfung kann schließlich nicht schaden.

Zum Glück ist in meinem Magen für ein scharfes Peking-Süppchen immer Platz.

4

„Eine Cola und die scharfe Peking-Suppe, bitte", sage ich zu der Kellnerin des Mandarin ein paar Stunden später. Das Restaurant hat gerade für den Mittagstisch geöffnet.

„Kommt sofort."

Während die fleißige Kellnerin davoneilt, sehe ich mich im Gastraum um. Die Räumlichkeiten sind beengt. Gerade mal fünf Tische mit je vier Stühlen und zwei runde Sitzecken haben hier Platz. Nicht mal der Kopf meines Glücksdrachen würde hier reinpassen. Und da die Decke höchstens drei Meter hoch ist, fällt auch die Möglichkeit flach, ihn über den Köpfen der Gäste aufzuhängen. Zudem sind Rot und Gold nicht die Farben, die im Mandarin vorherrschen. Hier dominieren Braun, Orange und nur ein wenig rot. Dafür gibt es auf dem Gang zu den Toiletten grünen Bambus. Mein geschultes Auge erkennt sofort, dass das Grünzeug eine schlechtgemachte Plastiknachbildung ist. Nie im Leben erfüllt der Billigkram die vorgeschriebenen Brandschutzbedingungen des Gastronomiegewerbes. Hier hat eindeutig jemand gespart.

Magnus' Theorie ist nach dem ersten Rundumblick so haltlos, wie ich vermutet habe. Mal sehen, was dem Besitzer zum gestrigen Mord einfällt und wie er sich zur neuen Konkurrenz äußert. Aber zuerst ist der Koch dran.

Die Suppe kommt und sieht wirklich vorzüglich aus. Wie schade, dass ich sie erst mal nur probieren und nicht gleich aufessen kann. Das Mandarin macht eine vorzügliche Peking-Suppe.

Ich greife nach dem Löffel, tauche ihn in die Köstlichkeit und schmecke. Anschließend sehe ich mich nach der Kellnerin um.

„Hallo-ho", rufe ich sie mit gehobener Hand zurück an den Tisch und lege den Löffel neben den Teller. „Da ist ein Haar, ein schwarzes", sage ich und deute auf den Tellerrand, wo natürlich kein Haar liegt.

„Ich sehe nichts." Die arme schwarzhaarige Kellnerin ist sichtlich verunsichert.

„Gerade war es noch da." Selbstsicherheit spricht aus meinen Worten. „Vielleicht ist es über den Tellerrand gerutscht." Originell ist mein Vorgehen mit dem *Haar in der Suppe* zwar nicht, aber für Originalität gibt es heute auch keine Extrapunkte.

„Ich bringe Ihnen einen neuen Teller Suppe."

„Das wäre sehr nett, danke." Selbstzufrieden lehne ich mich zurück. „Und es wäre außerdem schön, wenn der Koch sie mir persönlich an den Tisch bringen könnte."

Verwirrt hält die Bedienung inne. „Warum?"

Muss ich das echt erklären? Wie lange übt die Anfängerin ihren Beruf schon aus?

Verständnislos schüttele ich den Kopf. „Weil ich ein Haar in einer Ihrer Speisen gefunden habe und Ihr Koch sich wenigstens persönlich bei mir entschuldigen sollte." Meine Stimme hebt sich. „Wenn Sie nicht morgen das Gesundheitsamt auf dem Hals haben wollen, sollten Sie Ihrem Küchenchef das ausrichten."

Die plötzlich blasse Kellnerin nickt und verschwindet blitzschnell hinter der Schwingtür, die allem Anschein nach zur Küche führt.

Hungrig starre ich auf das leere Tischtuch und höre meinen Magen knurren. Der eine Löffel war nicht genug, um satt zu werden. Im Grunde hat er meinen Appetit nur größer werden lassen.

Hoffentlich läuft alles nach Plan und ich kann die neue Suppe aufessen. Da meine gute Laune mit meinem Hungergefühl gekoppelt ist, wäre das für alle, die heute noch mit mir arbeiten müssen, ein Segen.

Es dauert exakt zwei Minuten, dann steht ein frischer Teller vor mir. Der köstliche Duft von Ingwer und Gemüse steigt mir in die Nase und sorgt dafür, dass meine Magenwände sich in freudiger Erwartung zusammenziehen.

„Ihre scharfe Peking-Suppe ... Millie?" Ein mir vage bekannter Mann mit schwarzer Kochjacke und passendem Bandana nimmt mir gegenüber Platz. „Schmeckt dir mein Essen nicht, oder warum hast du mich an den Tisch kommen lassen?"

„Äh." Woher kenne ich das Gesicht?

„Du überlegst gerade, wer ich bin!" Es ist eher eine Feststellung als eine Frage.

„Natürlich nicht ... äh ... doch. Irgendwie schon." Mein Gesichtsausdruck sieht hoffentlich entschuldigend aus. „Tut mir leid. Mein Personengedächtnis ist leider sehr schwach ausgeprägt."

Der Mann, dessen Äußeres mir von Sekunde zu Sekunde bekannter vorkommt, bricht in Gelächter aus. „Dann war es also gelogen. Meine Leistungen auf der

Bühne werden dir nicht für immer im Gedächtnis bleiben."

Plötzlich macht es klick.

Nicht die Gesichtszüge sind mir vertraut, aber die breiten Schultern und das kleine Bäuchlein, das mittlerweile zu einem ausgewachsenen Bauch geworden ist.

„Furio Rizzo."

Der Mann nickt. „Du hast mich damals verflucht, weil du mein Kostüm während der kurzen Spielzeit von acht Wochen dreimal ändern musstest." Er klopft sich auf den fülligen Leib. „Ich esse immer noch gerne, wie du siehst. Daran hat sich seit damals nichts geändert."

Jetzt erinnere ich mich. Der Mann mit italienischen Wurzeln und einer Vorliebe für erlesene Köstlichkeiten hat vor zwei Jahren als Piratenkapitän auf der Bühne des Beverlie Hills Theaters gestanden.

„Du kochst im Mandarin?", frage ich unnötigerweise. „Seit wann das?"

Furio zuckt mit den Schultern und macht es sich mir gegenüber bequem. Er legt sogar einen Arm auf die Lehne des Nachbarstuhls. „Seit sechs Monaten erst. Ich brauchte eine Veränderung in meinem Leben und da Kochen neben Essen meine Leidenschaft ist ..." Den Rest des Satzes lässt er unvollendet. Dafür spricht der stolze Ausdruck in seinen Augen Bände.

Weil mein Magen erneut protestiert und keine Sekunde länger warten möchte, fange ich an zu essen. „Deine Peking-Suppe schmeckt übrigens super", sage ich, nachdem ich den ersten Löffel verschlungen und mir beinahe die Oberlippe verbrannt hätte.

„Kein neues Haar drin?" Furio beobachtet mich argwöhnisch. Sein eben noch so herzliches Lächeln ist verschwunden. Die Zeit über Vergangenes zu plaudern auch.

„Wenn du mich nicht an deinen Boss verrätst, erzähle ich dir, dass ich gar kein Haar in der Suppe hatte. Meine Beschwerde war nur ein Vorwand, um den Küchenchef zu sprechen." Erneut löffele ich. „Ich konnte ja nicht ahnen, dass *du* der sein würdest."

„Der bin ich." Der ehemalige Piratenkapitän, der damals Goldzahn und Augenklappe trug, ist immer noch misstrauisch und könnte mit dieser verkniffenen Miene sofort zurück in seine Rolle schlüpfen. „Was möchtest du denn vom mir?"

„Auskünfte", antworte ich und tupfe mir mit der Serviette den Mund ab.

„Was für Auskünfte?" Furio wirkt überrascht.

„Alles was ich dir jetzt erzähle, bleibt bitte unter uns." Meine Stimme ist nur noch ein Flüstern. „Gestern wurde hinter dem Theater eine Leiche gefunden."

Furio nickt, sein Blick ist argwöhnisch. „Davon habe ich gehört. Offensichtlich wurde der Koch des neuen Restaurants erstochen aufgefunden."

„Stimmt." Typisch Kleinstadt. Die Buschtrommeln funktionieren stets einwandfrei.

„O mein Gott." Furio beugt sich näher zu mir und senkt die Stimme. „Denkst du, es ist die Tat eines Serienmörders, der es auf arglose Köche abgesehen hat?" Kaum ausgesprochen wird mein Gegenüber blass um die Nase. „Muss ich vorsichtig sein? Bist du deshalb gekommen? Um mich zu warnen? Schickt Sheriff Moreno dich?"

„Stopp! Nein! Hör auf." Wo steigert der Mann sich da rein? „Ich bin lediglich hier, um mich davon zu überzeugen, dass mein verlorener Glücksdrache nicht im Mandarin ist."

Furio weicht zurück, mehr als ein Fragezeichen auf der Stirn.

„Was für ein Glücksdrache? Haben wir nicht gerade über Serienmörder gesprochen?" Das Durcheinander in seinem Kopf scheint perfekt zu sein. Wer kann es ihm verdenken.

Natürlich spricht jeder in der Stadt über die Ermordung, aber keiner über meine gestohlene Theaterdekoration. Auch dieses Verhalten ist typisch für die Einwohner von Beverlie Hills. Ein geheimnisvoller Messermord hat vor allem und jedem Vorrang.

„Der tote Koch lag in der Speditionskiste", erkläre ich, „in der mein chinesischer Glücksdrache für unser neues Stück geliefert wurde." Ich seufze, weil mein Gegenüber immer noch verwirrt aussieht. „Magnus denkt, dass der Koch des Mandarin den Koch des neuen Asia Gardens umgebracht und bei der Gelegenheit unseren Drachen für die Dekoration im Restaurant gestohlen hat."

Warum es nicht laut aussprechen? Mit Ehrlichkeit kommt eine Frau am Weitesten, oder?

„Und du bist hier, um diese Theorie zu überprüfen?", fragt Furio nach einem Moment des Nachdenkens.

Ein entschuldigendes Lächeln schleicht sich auf meine Lippen. „Irgendwie schon." Leugnen ist zwecklos.

„Im Mandarin ist dein Glücksdrache nicht. Und einen Mord habe ich auch nicht begangen." Furio erhebt sich schwerfällig, seiner Körperfülle angemessen.

„Warte", halte ich den Mann auf, den ich mit meiner Vermutung offenbar verletzt habe. „Es tut mir leid. Bitte nimm es mir nicht übel und verrate unserem Sheriff nicht, dass ich mit dir gesprochen habe. Moreno wird sicher in den nächsten Tagen für eine Befragung hier auftauchen."

Furio seufzt und nickt kein bisschen begeistert.

„Danke." Ich schlucke, weil mein Mund sich plötzlich trocken anfühlt. „Darf ich dich noch etwas fragen? Welches Messer verwendest du in der Küche?" Schnell trinke ich einen Schluck von meiner Cola und verberge meine neugierige Miene.

„Welches Messer?" Nach der Frage muss Furio mich für völlig verrückt halten. „Eindeutig mehr als eins."

„Ja. Natürlich. Das meine ich nicht. Hast du ein Lieblingsmesser? Bevorzugst du eine bestimmte Schneide? Oder bist du handwerklich womöglich so geschickt, dass du deine Küchenmesser selbst schmiedest?"

Mit der letzten Frage habe ich eine Grenze überschritten. Es ist deutlich an Furios Miene zu erkennen, dass er eins und eins zusammengezählt hat. Gleich bittet er mich zu gehen.

Und tschüss.

„Selbst wenn ich schmieden könnte, liebste Millie, hätte ich keine Zeit für ein solch aufwendiges Hobby, das einen eigenen Schmiedeofen voraussetzt", spricht er gereizt und mit unterdrücktem Ärger. „Schau dich mal um." Er deutet auf die mittlerweile besetzten Tische. „Wir sind jeden Tag ausgebucht. Ich stehe mindestens zehn Stunden pro Tag in der Küche." Stolz rückt er seine Kochmütze zurecht. „Und natürlich habe ich ein Lieblingsmesser, das ich selbst schärfe, wenn es stumpf geworden ist. Meine Nonna hat es mir vor Jahren in Italien geschenkt, als ich mit dem professionellen Zubereiten von Speisen angefangen habe."

„Danke. Alles klar." Mehr traue ich mich nicht zu erwidern. Meine wenig feinfühlige Befragung findet ein abruptes Ende. Einen Blumentopf habe ich damit nicht gewonnen.

„Ich berechne dir übrigens zwei Teller Peking-Suppe. Nur damit du es weißt … in meinem Essen sind keine Haare." Mit den Worten verschwindet Furio schnellen Schrittes und erhobenen Hauptes in seine Küche.

Die Behandlung habe ich wohl verdient.

Weil ich ein schlechtes Gewissen habe, beschließe ich ein großzügiges Trinkgeld dazulassen. Das Gespräch mit dem Besitzer des Mandarin verschiebe ich lieber auf später. Für heute habe ich genug Menschen auf die Füße getreten.

5

Auf dem Weg zurück in die Schneiderei, entdecke ich
Betsy Summer an der nächsten Kreuzung. Die Apothekerin und fragwürdige Heilteemischerin der Stadt
sieht aus, als wäre *ich* die Person, nach der sie schon
den ganzen Tag sucht.

Mir schwant Übles. Es kann nur um meinen vermale-
deiten Geburtstag gehen. Auf der Suche nach einem
Fluchtweg blicke ich mich um. Leider hat die Frau mit
den Argusaugen mich bereits ins Fadenkreuz genommen.

„Millie!", werde ich schon von Weitem mit einem
übertriebenen, aber sehr herzlichen Winken begrüßt.
„Endlich habe ich dich gefunden", sagt sie kaum, dass
sie die Straße überquert hat. „Magnus konnte mir nicht
verraten, wo du deine Mittagspause verbringst."

„Hi Betsy." Möglichst unauffällig lasse ich meinen
Blick über die Aufmachung der freundlichsten Apothekerin von Beverlie Hills wandern. Offensichtlich steckt
meine Freundin aktuell in einer späten Gothicphase.
Ihr langer schwarzer Rock sieht aus, als würde sie hinter dem Apothekenschalter Hexentränke statt Heiltees
mischen.

„Was möchtest du denn so Wichtiges von mir?", frage
ich, ganz die Unschuld vom Lande.

„Dein Geburtstag rückt näher."

Ich wusste es. Verdammt! Ich wusste es.

„Ja, das stimmt." Auf der Stelle tretend, sehe ich an Betsy vorbei und überlege, ob ich einen Notfall vortäuschen kann. Wäre das zu auffällig?

„Du wirst dreißig."

Wo zum Teufel ist ein Vulkanausbruch, wenn man ihn braucht?

„Stimmt." Die Kandidatin hat hundert Punkte. Ich beuge mich vor und senke meine Stimme. „Und es wäre mir sehr recht, wenn du es nicht jedem in der Stadt auf die Nase binden würdest."

Bitte, bitte! Hab Erbarmen.

Betsy nickt verständnisvoll und plötzlich ernst.

„Verstehe. Du wirst natürlich neunundzwanzig und nicht dreißig." Sie tippt sich an die Schläfe. „Habe ich abgespeichert. Von mir erfährt niemand dein genaues Alter. Sei unbesorgt, du kannst dich auf mich verlassen."

Achtung! Falsche Richtung!

„Äh ... Danke." Immer noch auf der Stelle zappelnd, vergrabe ich die Hände in den Hosentaschen. „Aber um mein Alter geht es gar nicht. Eher darum, dass ich nicht feiern möchte."

Betsys Miene lässt mich schmunzeln. Sie sieht aus, als hätte ich ihr gerade mitgeteilt, ich würde meinen geliebten Earl Grey demnächst nur noch im Supermarkt bei den Billigtees mit abgelaufenen Mindesthaltbarkeitsdatum kaufen.

„Warum möchtest du nicht feiern?", erkundigt sie sich mit Unverständnis und weit geöffneten Augen.

„Momentan habe ich extrem viel um die Ohren mit dem neuen Theaterstück und den sehr aufwendigen und kunstvoll gefertigten Kostümen. Außerdem muss ich mich zu allem Übel auch noch um die gestern geklaute Theaterdekoration kümmern. Ich habe wahrlich keine Zeit, eine bombastische Geburtstagsparty zu meinem Dreißigsten auszurichten." Die Erklärung sollte genügen.

„Verstehe", antwortet Betsy mit einem undurchdringlichen Gesichtsausdruck, der mir ein klein wenig Angst bereitet. Heckt sie etwas aus? Warum kneift sie die Augen so komisch zusammen? Habe ich etwas gesagt, dass mich in ein Schlamassel bringen könnte? Womöglich hätte ich das Wort *bombastisch* nicht in den Mund nehmen sollen.

„Was hältst du von einem Geburtstagsfrühstück?", schlage ich vor, bevor sie Zeit hat, länger über meinen Versprecher nachzudenken und auf wahnwitzige Ideen zu kommen. „Nur wir beide. Wir könnten nach Scott Hills fahren und ins dortige Waffelhaus gehen. Ich lade dich zu einer herzhaften Waffel-Bowl ein. Wie findest du den Vorschlag? Wäre doch toll."

Die Eingebung ist eine spontane, aber sie gefällt mir. Wenn ich nicht in der Stadt bin, kann mich auch keiner überraschen. Wie ich Überraschungen hasse.

„Hm – ja. Waffeln klingen gut." Die Antwort kommt Betsy nur zögerlich über die Lippen.

Millie, schnell weg, bevor sie Zweifel bekommt und etwas mit mehr Partycharakter vorschlägt.

„Lass uns die Details ein anderes Mal besprechen." Großherzig und mit zu viel Schwung tätschele ich Betsys Schulter. „Ich muss zurück ins Theater. Vielleicht ist Moreno schon mit Neuigkeiten den Mord betreffend zurück."

Rick hat sicher nicht das Bedürfnis, mich in seine Ermittlungen mit einzubeziehen, aber es ist der beste Vorwand, um Betsy jetzt und hier zu entkommen. Da die Zerstreute nicht aussieht, als wollte sie mich aufhalten, ziehe ich meine Hand zurück und mache mich auf den Weg.

„Bis dann, Betsy. Wir sehen uns."

***

Rick Moreno wartet tatsächlich im Theater auf mich. Er sitzt in *meinem* Büro und brütet an *meinem* Schreibtisch über ein paar Unterlagen. Von Magnus fehlt hingegen jede Spur.

„Schön, dass du dich bei mir wie Zuhause fühlst", begrüße ich ihn mit einem Unterton in der Stimme, bevor ich die Bürotür hinter mir schließe.

Heute trägt unser Sheriff keine Uniform mit Stern. Er ist in Zivil gekleidet und sieht mit dem schulterbetonenden schwarzen Hemd und der lässigen Jeans extrem gut aus. Schwer zu sagen, in welcher Aufmachung er mir besser gefällt. Beides hat seinen ganz eigenen Reiz und lässt eine Frau zweimal hinsehen.

Rick hebt den Blick.

Oh ha! Da ist aber einer sauer.

Zweifellos ist sein Gemütszustand der Grund, warum er hier und nicht in seinem Büro arbeitet. Irgendwie sieht er aus wie der grimmige Witwer aus *Lass uns gemeinsam sterben*. Das düstere und bedrückende Stück haben wir vor Jahren aufgeführt. Es war kein Erfolg.

„Hallo Millie." Die Begrüßung klingt wie eine Drohung.

„Wer hat dir denn den letzten Donut vor der Nase weggeschnappt?" Sicherheitshalber bleibe ich auf Abstand. „Warst du in Scott Hills nicht erfolgreich?"

Der Mann, dessen Unmut ich mir nicht zum ersten Mal zugezogen habe, blickt mich grimmig und zugleich gereizt an. Sogar sein Halsansatz zeigt eine leichte Röte, die sonst nicht da ist. Interessant! Dieses Kiefermahlen betont sein markantes Kinn. Sehr sexy.

Millie, konzentrier dich! Rick ist kein Mann der Verletzte macht. Du spielst mit deinem Leben.

„Magnus hat mir erzählt, dass du ins Mandarin gegangen bist. Allein!" Die Worte klingen wie eine Drohung.

„Ja, genau." Solange er weiter so grummelig ist, gehe ich keinen Schritt näher. „Dort gibt es eine ausgezeichnete Peking-Suppe. Hast du die schon mal probiert? Sehr lecker. Kann ich dir empfehlen."

„Lenk nicht vom Thema ab. Du warst nicht da, um Suppe zu essen und das wissen wir beide."

Mit einem Seufzen und weil es wenig Sinn macht, es zu leugnen, bewege ich mich nun doch und lasse mich auf den Stuhl vor meinem Schreibtisch nieder. „Wenn du mir verrätst, was du in Scott Hills erfahren hast, dann weihe ich dich auch in meine neusten Ermittlungen ein."

„Deine Ermittlungen?" Sein Tonfall ist schneidend. Aus Ricks Ohren scheint Dampf zu entweichen. Und sein Blick erst …

Millie, du musst an deinen Formulierungen arbeiten. Rick ist empfindlich, dass weißt du doch.

„Vielleicht habe ich mich falsch ausgedrückt", rudere ich zurück und ärgere mich über mich selbst. „Ich ermittele ja nicht wirklich." *Nur ein klein wenig.* „Dafür ist schließlich unser hochqualifizierter Sheriff verantwortlich." Beinahe hätte ich ihm die Daumenhoch-Geste gezeigt. In letzter Sekunde halte ich mich zurück. Wäre sicher nicht gut angekommen.

„Besser du vergisst das nicht." Ricks Stimme ist augenblicklich ein minibisschen sanfter.

„Mache ich nicht. Ich war nur im Mandarin, um nach meinem Glücksdrachen zu suchen." Das klingt deutlich besser und ist nicht gelogen.

„Hast du ihn gefunden?"

„Nein, leider nicht. Aber dafür habe ich mit dem Küchenchef gesprochen."

Rick seufzt und reibt sich über die Stirn, bevor er sich an die Wange fasst und das Gesicht verzieht. Hat er Schmerzen?

„Und?", fragt er und lässt die Hand sinken. „Was hast du herausbekommen?"

„Er hat den Mord nicht begangen."

„Und das weißt du woher?" Wieder reibt Rick sich über die Wange.

„Nenn es Intuition."

Der eindeutig Angesäuerte stöhnt und steht, den gekrausten Stirnfalten nach zu urteilen, kurz davor den Kopf auf die Tischplatte sinken zu lassen.

„Du brauchst gar nicht so übertrieben zu reagieren. Ich kenne den dortigen Koch von früher. Für Furio Rizzo lege ich meine Hand ins Feuer. Er ist in Ordnung. Vor zwei Jahren hat er als Piratenkapitän auf der Bühne des Beverlie Hills Theaters gestanden."

„Und weil er Theater spielt und du ihn kennst, schließt du ihn als Mörder aus?" Rick rollt mit den Augen. „Wie gut, dass du nicht mein Hilfssheriff bist." Das letzte sagt er mit einem Schmunzeln, als würde ihm der Gedanke auf verdrehte Art gefallen.

„Also bitte!" Auch ich muss schmunzeln. „Ich würde einen wunderbaren Hilfssheriff abgeben."

„Vielleicht." Rick lehnt sich zurück und mustert mich, als würde er tatsächlich über mich und einen Posten an seiner Seite nachdenken.

„Wie war es in Scott Hills?", frage ich, weil sein intensiver Blick mich verwirrt. „Hast du etwas über die dortigen Messerschmiede erfahren? Gibt es Verdächtige?"

„Schwer zu sagen." Rick rückt auf meinem Stuhl näher an den Tisch. „Die Stadt scheint voller begabter und weniger begabter Messerschmiedekünstler zu sein. Interessant ist allerdings, dass die letzte Aufgabe daraus bestand, in acht Stunden ein japanisches Hackmesser anzufertigen."

„Deinem Blick nach zu urteilen, ist unsere Mordwaffe ein japanisches Hackmesser?" Von Stichwaffen habe ich null Ahnung. Außerdem habe ich nicht auf Einzelheiten geachtet, als ich den Toten gefunden habe.

„Ja. Laut den ersten vorläufigen Untersuchungen der Spurensicherung ist die Mordwaffe ein japanisches Hackmesser. Ein handwerklich gut gearbeitetes Einzelstück. Genau wie ich vermutet habe."

Nachdenklich starre ich vor mich hin. Wenn der Täter aus Scott Hills kommt, sollte ich womöglich dort nach meinem verlorengegangenen Glücksdrachen fahnden.

„War das Mandarin gut besucht?“, fragt Rick und unterbricht meine Überlegungen.

„Als ich gekommen bin noch nicht, aber später war es brechend voll.“

Rick wirkt zufrieden mit meiner Antwort. „Dann profitiert das Restaurant von dem vorläufig geschlossenen Asia Garden.“

Ich lasse mir mit der Antwort Zeit. Wittert Rick da ein Motiv? „Laut Furio ist das Mandarin mittags wie abends überdurchschnittlich gut ausgelastet.“

„Verstehe.“ Der Mann, der in bequemer Sitzposition auf meinem Schreibtischstuhl thront, macht keine Anstalten, sich zu erheben. Deshalb nutze ich die Gelegenheit nachzubohren.

„Erzähl mir, was du bisher herausbekommen hast – bitte.“ Das Wörtchen *Bitte* füge ich mit einem sicher sehr charmanten und vor allem überzeugenden Lächeln hinzu.

Wieder reibt der Mann vor mir sich über die linke Wange und verzieht das Gesicht. Es widerstrebt ihm sichtlich, mich mit Informationen zu füttern. Aber er wird es trotzdem tun. Meinem Lächeln kann er bestimmt nicht widerstehen.

„Der Tote heißt Mian Han und war, wie vermutet, als Koch im Asia Garden tätig.“ Er schiebt die Unterlagen, die offensichtlich seine sind, auf dem Tisch zusammen. „Mian Han war nicht nur ein Experte für die chinesische Esskultur, er war außerdem einer der Eigentümer des Asia Garden.“

„Interessant.“

„Er war einer von zwei Eigentümern. Einem gewissen ...“, Rick sieht in seine Unterlagen, „... Quentin Silver gehört ebenfalls ein Teil des Restaurants, das die beiden bei Erfolg zu einer Kette ausweiten wollten."

Anscheinend hat Rick in den letzten Stunden einiges erfahren.

„Ist dieser Quentin jetzt, wo Mian Han tot ist, alleiniger Besitzer des Restaurants?" Meine Schultern heben sich. „Habgier ist immer ein gutes Mordmotiv."

„Sollte es stimmen, was Sam herausgefunden hat, während ich in Scott Hills war, dann waren Mian und Quentin alte Studienfreunde. Mit der Eröffnung des Asia Garden haben sich die beiden einen gemeinsamen Traum erfüllt."

„Dann ist Quentin ebenfalls in der Küche zuhause?" Seit wann gibt es in Beverlie Hills so viele erfahrene Köche? Eventuell sollte ich öfter essen gehen, als immer nur die Mikrowelle anzuwerfen, weil es schnell und einfach ist.

„Nicht nur das. Mr Silver hat auch einen Bachelor in Gastronomiemanagement und Culinary Arts. Ob er, da Mian Han nun tot ist, zum alleinigen Eigentümer wird, plane ich als nächstes herauszufinden." Rick macht Anstalten, sich zu erheben.

Frag ich ihn, ob ich ihn begleiten darf, oder lass ich es lieber bleiben? Genug anderes hätte ich zu tun.

„Möchtest du mitkommen?"

Hallo Schicksal. Ein Grinsen, das breiter nicht sein könnte, schleicht sich auf mein Gesicht. „Kannst du Gedanken lesen?"

„Nein." Rick kommt um den Tisch herum und ich erhebe mich. „Meine Gedankensuperkraft funktioniert ausschließlich bei dir." Er seufzt, als wäre ich ein schwerer Fall von irgendwas sehr Nervenaufreibendem. „Wenn ich dich nicht bitte mitzukommen, hängst du dich nur an meine Fersen und störst später meine Untersuchungen. Es ist reiner Selbstschutz, dich an mich zu ketten." Rick legt mir einen Arm um die Schultern und plötzlich sind wir uns nah. Näher als gewöhnlich. „Besser ich behalte dich an meiner Seite und im Auge."

Meine Güte. Diese Äußerung ist nicht gerade ein Kompliment.

Würde Rick nicht so gut riechen und ich seine Berührungen missbilligen statt mögen, würde ich mich aus dem Klammergriff befreien und protestieren. Ich bin keine Frau, die im Auge behalten werden muss. Und Anketten braucht mich erst recht keiner. Was für eine Frechheit.

Aber weil ich unsere letzte Zusammenarbeit genossen habe und den Geruch nach Sandelholz und Mann nicht widerstehen kann, lasse ich ihn zunächst in dem Glauben, die Führung zu besitzen.

Obwohl ich nicht oft darüber nachdenke, gehöre ich leider Gottes ebenfalls zu den vielen einsamen Single-Frauen von Beverlie Hills, die von Männern träumen, aber jeden Abend allein ins Bett gehen.

6

Der Asia Garden wirkt ganz anders als das Mandarin. Hier ist die vorherrschende Farbe Rot, die in China mit Glück und Freude verbunden wird. Außerdem wäre im hinteren, noch nicht fertiggestellten Teil des Gastraums ausreichend Platz für einen Glücksdrachen in der Größenordnung, wie ich ihn vermisse.

Schade, dass er nicht hier zu sein scheint.

Interessiert blicke ich mich um und bemerke, wie Rick es mir gleichtut. Offensichtlich hat er schon heute Morgen mit Mr Silver telefoniert und sich für den Nachmittag angekündigt.

Es hat Vorteile, Sheriff einer Kleinstadt zu sein. Nur selten schlagen die Leute Rick etwas ab. Er bekommt sogar kostenlosen Kaffee im *Rosies* und darf dem Bürgermeister ohne Termin einen Besuch abstatten. Auf dieses Privileg bin ich besonders neidisch. Mich empfängt das Oberhaupt der Stadt nie ohne Termin. Offenbar habe ich ihn einmal zu oft um eine Spende für das Theater gebeten.

„Sollen wir uns hier hinsetzen?", fragt Mr Silver und deutet mit der ausgestreckten Hand auf einen der vielen unbesetzten Tische. Der Eigentümer des Asia Garden trägt einen dunkelgrauen Anzug und eine dazu passende Krawatte. Die dunklen halblangen Haare sind nach hinten gekämmt und seine Miene entspricht dem eines Trauernden. Die geröteten Augen lassen keinen Zweifel daran, dass Quentin Silver vor nicht allzu langer Zeit geweint hat. Offensichtlich hat er dem Toten sehr nahegestanden.

„Natürlich, der Tisch ist gut", antwortet Rick und zieht mir einen Stuhl zurück, damit ich mich setzen kann. „Ich hoffe, es stört Sie nicht, dass ich Millie Hargrove vom hiesigen Stadttheater mitgebracht habe. An dem Tag, an dem Ihr Geschäftspartner ermordet wurde, ist auch die Dekoration des Theaters verschwunden." Rick räuspert sich. „Es könnte ein direkter Zusammenhang zwischen den Taten bestehen."

Quentin Silver setzt ein Lächeln auf, das bemüht wirkt. „Ich habe davon gehört. Mian Han ...", der Restaurantbesitzer gerät ins Stocken, „... wurde in der Transportkiste Ihrer Dekoration aufgefunden", sagt er mit einem Blick zu mir, bevor er sich in einer schnellen Bewegung über die Augen wischt.

„Stimmt." Etwas verloren und unsicher wie ich reagieren soll, rutsche ich auf meinem Stuhl herum. Ich weiß nie, wie ich Menschen in Trauer gegenübertreten soll. Welches Verhalten ist richtig? Geht man auf den Menschen ein oder bemüht man sich, von dem schmerzhaften Thema abzulenken? „Unser Beileid zu Ihrem Verlust." Schnell werfe ich Rick einen unsicheren Blick zu. Mit dem Satz kann ich nichts falsch machen.

„Danke." In der Antwort schwingen unzählige Emotionen mit.

„Waren Sie gut mit dem Toten befreundet?", fragt Rick. Er hat anscheinend keine Probleme, gleich zur Sache zu kommen. Seit wann ist Rick so wenig feinfühlig?

Vielleicht nimmt er Quentin Silver die Trauer und die verdrückten Tränen nicht ab. Er hat mehr Erfahrung als du, Millie.

„Ja, uns verbindet eine langjährige Freundschaft." Der Gefragte hebt den Kopf und sieht Rick direkt an. „Mian und ich haben auf der Kochschule zusammen studiert. Anschließend haben wir uns für eine Zeit aus den Augen verloren, bevor wir uns vor zwei Jahren wieder über den Weg gelaufen sind." Das nächste Lächeln wirkt echter als das letzte. „Wir konnten unseren gemeinsamen Chef nicht leiden und haben schon damals beschlossen, uns irgendwann mit einem eigenen Restaurant selbstständig zu machen, damit wir unsere eigenen Regeln aufstellen können."

„Das hört sich nach einem guten Plan an." Mein Tonfall ist voller Zustimmung.

„Daraus schließe ich, dass Sie und Mian Han die alleinigen Besitzer des Asia Garden sind?", fragt Rick. „Es gibt keine weiteren Investoren?"

Was ist nur los mit ihm? Seit wann ist unser Sheriff so kalt wie der *Redfish See* vor meinem Haus. Weiß er etwas, dass ich nicht weiß?

Der vor unseren Augen Trauernde zieht die Nase hoch. „Ja. Das Restaurant war unser gemeinsamer Traum." Er seufzt. „Jetzt ist es nur noch meiner."

Mist! Gleich kommen mir die Tränen. Bei solchen tragischen Geschichten kann ich nicht anders. Dafür bin ich zu nah am Wasser gebaut.

„Verstehe." Rick legt die Unterarme auf den Tisch und beugt sich vor. Mich beschleicht der Verdacht, dass er Quentins Miene besser studieren möchte und deshalb den Abstand zu ihm verringert. „Haben Sie eine Idee, wer Mian Han umgebracht haben könnte? Hatte er Feinde in der Stadt?"

„Nein, mir fehlt jedes Verständnis für diese schreckliche Tat." Unterdrückter Zorn schwingt mit. „Wir leben beide noch nicht lange in Beverlie Hills und hatten gar keine Zeit, uns Feinde zu machen."

„Was ist mit dem Mandarin?", fragt Rick.

„Was soll damit sein?" Silver hebt eine Augenbraue.

„Gab es Auseinandersetzungen oder Differenzen vor der Eröffnung des Asia Garden? Schließlich stehen die beiden Restaurants in direkter Konkurrenz und müssen sich seit Neustem die Gäste, die chinesisches Essen lieben, teilen."

„Nein. Keine Differenzen oder Kriegserklärungen." Silver verzieht das Gesicht. „Mian hat sich sogar mit dem Koch des Mandarin auf ein Bier getroffen. Mein Freund hat nicht viel von dem Treffen berichtet, aber, dass er es nicht getan hat, ist ein Zeichen dafür, dass es nichts zu erzählen gab. Mian Han war ein impulsiver Mensch, der gerne und viel geredet hat. Wäre an dem Abend etwas vorgefallen, was für uns von Bedeutung gewesen wäre, hätte er es mir gesagt."

Rick gibt sich mit der Antwort zufrieden.

„Wissen Sie vielleicht, ob es eine Familie Han gibt, die wir benachrichtigen sollen? Eltern oder eine Ehefrau?"

„Mians Eltern leben schon lange nicht mehr. Und eine Ehefrau gab es nie." Silver lächelt. „Mian war schwul und hatte einen festen Freund. Bo Park wollte in ein paar Wochen zu uns nach Beverlie Hills nachreisen. Er ist ebenfalls in der Gastronomie tätig und konnte seine Stelle nicht aufgeben, bevor er seinen Ersatz eingearbeitet hat. Anders als bei Mian und mir, versteht Bo sich

mit seinem Chef ausgezeichnet. Er wollte seinen lang-
jährigen Arbeitgeber nicht zu früh hängenlassen."

„Verstehe. Würden Sie mir Bo Parks Kontaktdaten geben?", erkundigt Rick sich. Wieder reibt er sich über die
linke Wange und verzieht das Gesicht.

„Das wird nicht nötig sein. Ich habe Bo bereits angerufen und … ihm von … Mians überraschendem Tod berichtet", erklärt Mr Silver stockend. „Er wird spätestens
morgen Nachmittag in Beverlie Hills eintreffen." Ein
Schlucken ist zu hören. „Bo wird sich um die Beerdigung kümmern, sobald die Leiche seines Freundes frei-
gegeben ist."

„Bitte schicken Sie Mr Park umgehend zu mir ins Sheriffbüro oder rufen Sie mich an, sobald er eingetroffen
ist."

„Mach ich gerne."

Rick spannt sich augenblicklich an. Ich sehe es an der
senkrechten Falte zwischen seinen Augenbrauen. „Wer
wird Mians Anteil am Restaurant eigentlich erben?
Sein fester Freund?"

Silver scheint für einen Moment von der Frage aus
dem Konzept gebracht zu sein.

„Nein. Der Asia Garden war allein Mians und mein
Baby. Bo war erst seit einem knappen Jahr mit Mian zusammen. Als wir den Kaufvertrag aufgesetzt und Ge-
spräche mit der Bank geführt haben, kannten Bo und
Mian sich noch nicht."

„Wer wird dann seinen Anteil erben? Gibt es noch
entfernte Familie?" Rick ist wie ein Hund, der den an-
gekauten Knochen nicht loslassen möchte. Ich war
noch nie bei einer Befragung dabei und finde es äußerst

spannend, ihn zu beobachten. Sein berufliches Ich ist anders als sein privates.

Quentin Silver hebt das Kinn. „Mians Anteil geht an mich. Das haben wir gemeinsam beschlossen und vertraglich festgelegt. Wäre ich gestern gestorben, hätte Mian meinen Anteil bekommen." Silvers Miene verzieht sich und zeigt seinen Unmut. Die Trauer ist verschwunden. Von einer Sekunde auf die andere ist er in den Angriffsmodus gewechselt. „Mir ist klar, dass ich damit ein Mordmotiv habe, Sheriff. Aber Sie können versichert sein, dass ich meinen Freund nicht umgebracht habe." Sein Körper fällt in sich zusammen, die plötzliche Anspannung, die ihn gerade noch im Griff hatte, ist verpufft. „Ich bin nicht mal sicher, ob ich in Zukunft klarkomme. Wie soll ich ohne einen fähigen Koch das Restaurant wieder eröffnen? Möglicherweise muss ich alles verkaufen." Ein sichtbares Schaudern läuft durch seinen Körper, bevor er sich an den Kopf fasst und seine Augen verbirgt.

Zum ersten Mal seit wir uns an den Tisch gesetzt haben, stutze ich und empfinde kein Verständnis für den Mann vor mir. Wären wir im Theater würde ich denken: *reife Leistung*.

„Stellen Sie jemanden ein. Oder ... sind Sie nicht selbst sehr begabt am Herd?" Rick hat wirklich keine Skrupel. Langsam verstehe ich ihn besser und besser. Er lässt sich von seinem Gegenüber nichts vormachen.

„Das bin ich." Blitze schießen aus Silvers Augen. „Aber ich kann schlecht die Gastro und die Küche übernehmen und mich nebenbei noch um die Buchführung und sämtliche Einkäufe kümmern."

Rick lehnt sich zurück. Es ist ihm anzusehen, das Silvers Probleme nicht seine sind und er kein Interesse daran hat, sie für ihn zu lösen. Warum auch? Er muss schließlich einen Mörder überführen.

„Hast du noch eine Frage an Mr Silver, Millie?", wendet er sich an mich. „Zu deinem verlorenen Glücksdrachen vielleicht."

Offensichtlich hat er alle Antworten erhalten und ist bereit den neuen alleinigen Besitzer des Asia Garden vorerst vom Haken zu lassen.

Beide Männer blicken mich an und warten auf eine Antwort. „Äh …", wende ich mich an Quentin, „… ist Ihnen zufällig irgendwo ein rot-goldener Glücksdrache in Größe eines Kleinbusses begegnet?"

„Nein." Quentins Miene ist nachsichtig. „Tut mir leid. Der einzige Drache, der auf Ihre Beschreibung passt, ist der auf dem Kinderspielplatz nahe der Kirche."

Sofort bin ich hellwach. „Bitte?", frage ich mit dem Fokus auf Quentin. „Es gibt ein Drachengerüst auf dem Spielplatz? Seit wann?" Das kann nur ein schlechter Witz sein. Warum weiß ich davon nichts?

„Ja." Quentin scheint sich sicher. „So ein Kriechtunnel, in dem die Kinder sich verstecken und spielen können. Er ist rot mit Gold, hat einen riesigen Kopf und große Glupschaugen. Der Körper des Drachen scheint nur aus einem dünnen Material zu bestehen."

Treffer! Sofort fühle ich mich wie vor den Kopf geschlagen.

Verdammt!

Verdammt verdammt!!

„Ich muss los!" Beinahe hätte ich den Stuhl umgeworfen, so schnell schieße ich in die Höhe.

Rick erhebt sich ebenfalls, wenn auch deutlich langsamer. „Eine letzte Frage habe ich doch noch. Fehlt Ihnen in der Küche zufällig ein japanisches Hackmesser?“

Echt jetzt? Diese Frage stellt er in dem Moment, in dem wir gehen wollen? Ist das eine besondere Taktik?

Ich habe es eilig.

Die Luft um mich herum fängt augenblicklich an zu knistern, so aufgeladen bin ich. Am liebsten würde ich ein wenig auf der Stelle springen, um mich für meinen Sprint warmzumachen.

Zur Hölle! Mein Glücksdrache scheint für keinen der beiden Männer mehr wichtig zu sein. Es ist zum aus der Haut fahren. Am liebsten würde ich Moreno am Hemd packen und ihn aus dem Restaurant schleifen. Da das keinen guten Eindruck vermitteln würde, begnüge ich mich damit, mit dem Fuß ungeduldig auf den Boden zu tippen und lange und anhaltend zu seufzen. Das Knistern in und um mich herum ignoriere ich.

Hoffentlich stellt Moreno meine Geduld nicht auf die Probe. Eine Enttäuschung wäre vorprogrammiert. Ich muss nicht zwingend auf ihn warten. Der Glücksdrache ist schließlich mein Problem.

„Nein, Sheriff. Mir fehlt kein Messer.“ Silver antwortet in dem gleichen eisigen Tonfall, den auch Rick benutzt hat.

„Was für Messer hat Mian Han in der Küche verwendet? Hat nicht jeder Koch da besondere Vorlieben? Gibt es ein Spezialmesser?“ Eine Frage nach der anderen feuert Rick ab, dabei wollten wir doch gehen.

Menno.

Ungeduldig tippe ich weiter auf der Stelle und denke an meinen Drachen, der möglicherweise gerade von einer Schar Kindergartenkinder kaputt gemacht wird. Zum Glück hat es in den letzten Tagen nicht geregnet. Nicht auszudenken, welchen Schaden ein Wolkenbruch angerichtet hätte.

„Mein Freund besaß viele hochwertige Messer. Die Pflege seines Handwerkzeugs stand für ihn immer an erster Stelle. Seine Schneiden waren von jeher die schärfsten in der Küche.“

Rick blickt mich und meinen wippenden Fuß an und seufzt, weil meine Körpersprache nun wirklich nicht schwer zu verstehen ist.

Können wir jetzt bitte, bitte gehen?

„Vielen Dank für die Auskünfte.“ Er stellt sich an meine Seite und legt mir eine Hand auf die Schulter, als hätte er Sorge, ich könnte einen Frühstart hinlegen und Sekunden vor ihm aus dem Gebäude stürmen. „Würden Sie mir den Gefallen tun und die Küchenutensilien nochmals überprüfen? Ich habe die Vermutung, dass Ihr Freund mit seinem eigenen Messer erstochen wurde. In Mian Hans Sammlung müsste ein japanisches Hackmesser fehlen.“

Ein verständnisloses Feixen schallt durch den Raum. „Für Sie kann ich das machen, Sheriff Moreno. Ich habe ja sonst nichts zu tun.“ Streitsuchend fährt Silver fort: „Gleich morgen früh werde ich in Ihrem Büro anrufen und Ihnen mitteilen, ob in der Küche des Asia Garden ein japanisches Hackmesser fehlt. Zufrieden?“ Unser Gastgeber macht mit beiden Händen eine Geste Richtung Tür, der ich zu gerne nachkomme. „Aber jetzt darf ich Sie bitten zu gehen. Ich muss mich noch um ein paar wichtige Dinge kümmern.“

Wurde auch Zeit. Endlich raus hier. Quentin wird mich nicht zweimal bitten müssen. Ich bin quasi schon unterwegs.

7

„Mein verlorener Glücksdrache ist auf dem Spielplatz", bricht es aus mir heraus, kaum dass wir an der frischen Luft sind. „Hast du gehört was Quentin Silver gesagt hat?" Am liebsten würde ich vor Entzückung und Überspannung ein Stück rennen. Die Information hat meinen Akku voll aufgeladen.

Rick reibt sich die Wange und wirkt nicht mal ein winziges bisschen erfreut. Langsam nervt sein ständiges Rumrubbeln mich. Vor allem, weil er dabei immer so gequält und total genervt aus der Wäsche schaut.

„*Vielleicht* ist dein Glücksdrache auf dem Spielplatz", sagt er und drosselt meinen Tatendrang, indem er mir eine Hand auf den Unterarm legt. „Sicher wissen wir es nicht."

Seit wann ist Rick ein solcher Miesmacher?

„Bitte? Warum bist du gemein zu mir?" Der Drang mich loszureißen und davonzustürmen wird größer und größer.

„Wir müssen die Fakten zuerst überprüfen. Vorher lässt sich nichts mit Sicherheit sagen", klärt der neunmalkluge Stimmungskiller mich auf. „Quentin Silver könnte sich getäuscht haben. Oder er sagt die Wahrheit und die Kirche hat den Kindern etwas Gutes tun wollen und einen neuen Spielzeugtunnel in Form eines Drachen angeschafft." Er zuckt mit den Schultern. „Wäre beides möglich."

Das ist ein unerlaubter Tiefschlag.

„Du bist fies." Fassungslos über diesen Unsinn, schüttele ich seinen Arm ab und drehe mich um. Anschließend stapfe ich würdevoll – ohne zu rennen – davon. Soll er mir doch nachlaufen, wenn er mitkommen möchte. Ich überprüfe jetzt, ob mein Glücksdrache ganz in der Nähe ist. Stoppen lasse ich mich von seinem Gerede ganz sicher nicht.

Die Wahrscheinlichkeit, dass der Kinderspielplatz ein Update bekommen hat, ist gering. Wer hätte die nicht unerheblichen Kosten dafür getragen? Die Kirche?

Bedauerlicherweise muss ich feststellen, dass Rick es geschafft hat und meine überschäumende gute Laune verschwunden ist. Sogar erste Zweifel sind plötzlich da.

Verdammt!

Bitte Gott, lass den Drachen da sein. Das würde eine Vielzahl meiner Probleme auf einen Schlag lösen.

„Millie!" Rick schließt zu mir auf. „Sei nicht sauer." Im nächsten Augenblick geht er neben mir. „Bitte. Ich habe nur die Wahrheit laut ausgesprochen. Es macht doch keinen Sinn sich zu freuen, nur um wenig später enttäuscht zu werden."

„Wir werden sehen." Aufgebracht und meine Wut in Antriebsenergie umwandelnd, laufe ich weiter. Meine Schritte werden länger und länger.

Ricks Atmung beschleunigt sich kein bisschen, meine hingehend schon.

Verflixt! Wo ist meine Form vom letzten Sommer hin, als ich jeden Morgen eine Runde um den See gejoggt bin?

„Wir hätten auch mit dem Auto fahren können", klärt Rick mich mit einem Lächeln in der Stimme auf. „Das wäre weniger anstrengend und würde schneller gehen."

Mistkacke!

Warum habe ich wieder impulsiv und unüberlegt reagiert? Wann lerne ich endlich dazu? Zum Glück ist in Beverlie Hills das meiste fußläufig zu erreichen.

„Passt schon", schnaube ich und freue mich, dass hinter der nächsten Ecke bereits der Kinderspielplatz auf mich wartet.

Meine Aufregung ist mit einem Schlag wieder da und verdrängt den Frust für den Moment.

Was werde ich in wenigen Augenblicken zu sehen bekommen?

Mein Innerstes fühlt sich aufgewühlter und schlimmer an, als an einem Premierenabend im Theater, bei dem ich in der letzten Reihe sitze und die Reaktion des Publikums beobachte. Ich möchte nicht enttäuscht werden. Auf keinen Fall. Ich möchte, dass Quentin Silver recht behält und ich in wenigen Augenblicken den gesuchten Drachen finde, den ich vor Wochen in China bestellt habe.

Einmal noch Luft holen und dann ... explodiert ein Freudenfeuer in mir, größer als jedes Feuerwerk zu Silvester. So muss sich ein Sechser im Lotto anfühlen.

„Da ist ja mein Riesenbaby!" rufe ich voller Erleichterung. Am liebsten würde ich die Arme ausbreiten, um den Kopf – wohl eher nur das Maul und die Nase – zu umschließen. „Wahnsinn. Besser geht es kaum." Beeindruckt lasse ich meinen Blick über den fünf Meter lan-

gen Drachenkörper schweifen. „Der kleine Schnuckiputz ist größer, als ich gedacht habe." Das Grinsen in
meiner Stimme ist gigantisch und voller Euphorie.

Rick stößt ein Schnauben aus. „Schnuckiputz?"

„Sei still!"

Mit wenigen langen Schritten stehe ich dicht vor meinem wunderschönen Glücksdrachen. „Wie bist du nur
hier gelandet, mein Großer?" Ich tätschele ihm das
Maul, als wäre er ein Pferd, das ausgebüxt ist. „Haben
die Kinder dich kaputt gemacht?" Langsam gehe ich um
ihn herum und besehe mir die Stellen, die leicht ramponiert aussehen. „Das ist nichts was Mama nicht mit
Nadel und Faden reparieren kann", spreche ich mit
meiner Theaterdekoration, als könnte sie mich verstehen.

„Millie ..." Rick hat die Arme überkreuzt und schüttelt
lächelnd den Kopf, während er mich anstarrt.

„Was? Ist mir egal, ob du mein Gerede lächerlich findest." Überglücklich schmunzele ich und vergesse für
den Moment meinen Ärger über sein besserwisseri-
sches Getue. „Ich habe meinen Glücksdrachen gefunden." Entzückt von den jüngsten Entwicklungen prä-
sentiere ich zwei strahlende Zahnreihen und lasse
meine Freude überlaufen. Ich tanze sogar ein bisschen
auf der Stelle.

„Das hast du ... das hast du ..." Ricks Miene fällt im
nächsten Augenblick in sich zusammen. Er lässt die
Arme sinken, jegliche gute Laune ist verschwunden. „...
und ich werde ihn konfiszieren müssen", sagt er und
hält meinem Blick stand.

Was?

Warum?

Mein Äußeres gefriert, als hätte mir jemand einen Eimer Eiswasser über den Kopf gekippt. Sogar meine Atmung setzt für einen Sekundenbruchteil aus.

„NEIN!" Das Wort ist raus. Laut und deutlich. „Das musst du nicht." Aus meinem Gesicht weicht alle Farbe, weil ich weiß, dass Rick recht hat.

„Doch, Millie, das muss ich. Leider. Dein Glücksdrache ist Teil einer Mordermittlung. Die Spurensicherung wird ihn genau unter die Lupe nehmen müssen. Wir wissen noch nichts über den Täter und sein Motiv. Es ist sehr wahrscheinlich, dass er die Theaterdekoration aus der Kiste geholt hat, bevor er die Leiche hineinlegte. Es könnten Fingerabdrücke auf dem Drachen zu finden sein – vielleicht sogar Blutspuren."

Nein!

Wie heimtückisch kann das Schicksal sein?

Die Welt ist gerade untergegangen. Zumindest für mich. Es ist zum Heulen. Womit habe ich diesen Mist verdient? Schon bei dem letzten Mordfall musste ich um Kirby Kings Kostüm kämpfen, weil er es getragen hat, als er erschossen wurde.

Geschlagen und weil ich Ricks Vorgehensweise natürlich verstehe, lasse ich das Kinn sinken und schaue auf meine Fußspitzen. „Bekomme ich ihn zurück, bevor das Stück *Glücksdrachen können nicht fliegen* anläuft?" Auch hierauf kenne ich die Antwort. Es ist genau wie beim letzten Mal.

Alles steht in den Sternen.

„Du erhältst deine Theaterdekoration zurück, sobald die Spurensicherung sie freigibt und sie nicht zur weiteren Beweissicherung eingelagert werden muss."

Ich höre Rick an, dass er mir nicht gerne schlechte Neuigkeiten überbringt. Unendlich enttäuscht lege ich mir beide Handflächen über das Gesicht, damit Rick nicht mitbekommt, wie ich wegen ein bisschen verbeultem Pappmaché zu weinen anfange.

Im nächsten Augenblick, noch bevor mir ein Schluchzen zwischen den Fingern durchschlüpfen kann, werde ich sanft in den Arm genommen. Jemand, der offensichtlich Mitleid mit mir hat, streichelt mir über den Rücken und drückt mich an sich. „Ich werde der Spurensicherung Dampf machen und mein Möglichstes geben, damit du deinen *Schnuckiputz* so schnell wie möglich zurückbekommst. Versprochen."

Mir entschlüpft ein Laut, der entfernt an ein Lachen erinnert.

Rick ist lieb. Mit seiner Wortwahl möchte er mich eindeutig aufmuntern.

„Danke", nuschele ich in meine Hände und dränge die Tränen zurück. Es ist albern geradezu lächerlich von mir, sich so zu verhalten. Es geht schließlich nur um materielle Dinge.

Einen Moment stehen wir umschlungen und unbeweglich da. Es ist still um uns herum. Nur ein paar Vögel zwitschern vor sich hin.

Langsam könnte ich mich von Rick lösen. Er muss schließlich telefonieren und die Spurensicherung rufen, aber ich will nicht. Es fühlt sich gut an, von ihm gehalten und gestreichelt zu werden. Ich habe sogar eine wohlige Gänsehaut, wo seine Hand meinen Rücken berührt. Von dem wirbelnden Wärmegefühl in meinem Magen mal ganz abgesehen.

Wo kommen all die Schmetterlinge her? Und warum kann ich sie nicht kontrollieren?

Millie, wo reitest du dich da gerade rein?

O Gott!

Mich räuspernd und meine Wahrnehmungen neu sortierend, nehme ich die Hände vom Gesicht und löse mich von unserem Sheriff, über den ich gerade wenig sheriffmäßig nachgedacht habe. Wie peinlich bin ich eigentlich? Ich heule wegen ein bisschen Dekoration und werfe mich vor Kummer einem Gesetzeshüter an den Hals.

Zeit aufzuwachen, Millie.

„Hast du eigentlich Zahnschmerzen, oder warum reibst du dir ständig über die linke Wange?", versuche ich die Situation mit einem abrupten Themenwechsel zu retten.

Rick wird wohl auch gerade klar, dass wir irgendwie zusammen kuscheln und dass das wenig professionell ist. Mit einem Schritt zurück vergrößert er den Abstand zwischen uns und fährt sich durch die Haare.

„So was Nebensächliches fällt dir auf?" Er fasst sich ins Gesicht, nur um im nächsten Augenblick die Miene zu verziehen.

„Entschuldige, wenn ich dich enttäusche …" An mir runtersehend richte ich meine Kleidung, die nicht verrutscht ist. „… aber dieses Wangentätscheln kombiniert mit dem schmerzverzerrten Blick ist nicht zu übersehen, dafür braucht es nur ein wenig Aufmerksamkeit."

Rick atmet tief durch. „Ein winziges bisschen tut es schon weh", gesteht er und sackt in sich zusammen.

Ach du liebes Gottchen!

Beinahe hätte ich laut gelacht. Unser starker und unerschrockener Sheriff von Beverlie Hills, der gefährliche Mörder sucht und dem keiner in der Stadt traut zu widersprechen, hat Angst zum Zahnarzt zu gehen.

8

39 Tage bis zum 30. Geburtstag

Zwei Tage später laufe ich Samuel Denby auf dem Weg zum Theater über den Weg. Der Deputy Sheriff scheint auf das *Rosies* zuzusteuern. Wie passend, auch ich bin dabei, mir meinen morgendlichen Earl Grey, ohne den ich den Tag nicht beginnen kann, abzuholen.

„Hallo Sam", begrüße ich den ehemaligen Bühnenstar von Beverlie Hills, der in seiner Uniform und dem neuen Ziegenbart, bei dem Oberlippen- und Kinnbart zusammenlaufen, heißer den je aussieht. „Brauchst du auch ein wenig Teein, um in den Tag zu starten?" Sam teilt als einziger auf der Polizeistation meine Vorliebe für das glücklich machende Heißgetränk.

„Guten Morgen, Millie, du hast es erfasst. Ohne Tee ertrage ich Rick heute nicht." Der Mann, dem ich für immer dankbar sein werde, weil er mit seinem selbstlosen Einsatz unser Theaterstück *Mord in rosarot* gerettet hat, greift nach dem Griff der Eingangstür, um sie für mich aufzuhalten. Weil ich nicht anders kann und quasi von meiner inneren Stimme dazu gezwungen werde, werfe ich einen Blick auf Sams Ohrläppchen.

Wie stylish!

Todschick.

Magnus hat nicht gelogen.

Da sind tatsächlich Ohrringe. Winzige, glitzernde Steckerchen, die Samuel Denby ausgezeichnet stehen und ihn kein bisschen schwul aussehen lassen. Sie betonen seine metrosexuelle Seite, mehr aber auch nicht.

Mit Mühe zwinge ich meine Augen dazu, nicht zu starren. Jetzt bloß nicht grinsen. Das wäre eine unpassende Reaktion. Vor allem, weil Magnus mir den Grund für diese Nicht-Modeerscheinung verraten hat.

„Warum erträgst du Rick heute nicht?", frage ich, um mich abzulenken und nicht doch noch einen Kommentar zu den Klunkern von mir zu geben. „Hat unser Sheriff schlechte Laune?"

„Nein." Sam lacht und lässt die Tür hinter uns zufallen. „Nur Zahnschmerzen."

„Oh je!" Diese Phobie scheint schlimmer zu sein, als ich gedacht habe. „War er denn noch nicht beim Zahnarzt? Als wir vor zwei Tagen gemeinsam unterwegs waren, hatte er auch schon Zahnschmerzen – und schlechte Laune", füge ich etwas verspätet hinzu.

Sam gibt Pat, der Aushilfe hinter dem Tresen ein Zeichen und bestellt für uns zwei Earl Grey zum Mitnehmen. „Unser vielbeschäftigter Sheriff hat angeblich keine Zeit. Gestern war er nochmal in Scott Hills."

„Wegen des dortigen Messerschmiedewettbewerbs?" Ich bemühe mich, nicht zu interessiert zu klingen. Sam ist immer für eine zusätzliche Information gut.

„Ja, genau." Der Deputy zieht ein paar Dollarscheine aus der Hosentasche und legt sie auf den Tresen. Anscheinend bin ich eingeladen. „Heute ist der vorläufige toxikologische Befund eingetroffen, weswegen Rick mit dem zuständigen Gerichtsmediziner sprechen muss und deshalb auch keine Zeit hat, zum Zahnarzt zu gehen."

Interessiert spitze ich die Ohren.

„Toxikologischer Befund? Ist der Tote denn nicht erstochen worden?" Wie es scheint, ist es nie gut voreilige Schlüsse zu ziehen. Auf die Idee, dass Mian Han vergiftet worden ist, wäre ich nie gekommen.

„Ups." Sam nimmt einen der beiden Tees, die plötzlich vor uns auftauchen. „Diese Information hätte ich wohl nicht unbedacht ausplaudern dürfen. Vergiss meine Bemerkung bitte ganz schnell wieder, Millie." Sich offenbar über sich selbst ärgernd, verzieht er die Stirn. „Bitte Millie, verrate Rick nicht, dass ich mich verquatscht habe. Er ist eh nicht gut auf mich zu sprechen, seit ich das Theaterspielen für mich entdeckt und seinen Dienstplan gehörig durcheinandergewirbelt habe."

„Mach dir keine Sorgen." Ich trete näher an den Tresen. „Danke übrigens für den Tee." Behände greife ich nach meinem To-go-Becher und verschließe ihn mit einem Deckel. „Rick soll sich nicht so anstellen. Aktuell wirst du gar nicht auf der Bühne eingesetzt und wann wir eine nächste Spielzeit für *Mord in rosarot* einplanen, steht noch gar nicht fest."

Sam wirkt erleichtert.

„Verrate ihm trotzdem nichts von unserem Gespräch. Du weißt, wie eigen der Mann ist. Er hält nichts davon, Außenstehende in Ermittlungen einzuweihen."

Ich seufze tief und nicke anschließend. Keiner in Beverlie Hills kann das besser beurteilen als ich. Der letzte Mordfall hat mich eine Menge Erfahrung im Umgang mit Sheriff Moreno sammeln lassen.

„Wir sehen uns bald." Sam legt mir eine Hand auf die Schulter. „Ich bin schon auf das neue Stück gespannt."

Und weg ist der Teeliebhaber mit dem sexy Ohrschmuck. Wüsste ich es nicht besser, würde ich denken, er hätte Angst sich weiter zu verplappern, wenn er nicht sofort die Flucht ergreift. Was wohl noch in diesem vorläufigen Bericht des Gerichtsmediziners steht?

***

Magnus blendet mich und empfängt mich mit einem Tausend-Watt-Strahlegrinsen, als ich die Bürotür öffne. In Gedanken bin ich immer noch bei Sam und dem was er mir *nicht* gesagt hat.

„Millie, du wirst nicht glauben, was mir gelungen ist." Der Theaterregisseur springt vom Stuhl auf und vollführt vor meinen Augen ein paar Stepptanzschritte.

Beeindruckend. Ich wusste gar nicht, dass Magnus *der Große* Daytan tanzen kann. Der ehemalige Entfesselungskünstler hat ungeahnte Talente.

„Sicher wirst du es mir gleich erzählen", sage ich mit einem Lächeln. Freude durch ein spontanes Tänzchen auszudrücken, ist auch mein Ding.

Seit wir den Drachen gefunden haben, hat sich mein allgemeiner Gemütszustand verbessert. Rick wird dafür sorgen, dass ich meinen Glücksdrachen rechtzeitig zurückbekomme, davon bin ich überzeugt. Nichts anderes werde ich zulassen. Deshalb stelle ich in der Schneiderei auch gerade ein Haarteil für mein verlorenes Riesenbaby her. Auf den ersten Blick hat sein Kinn teilweise ramponiert ausgesehen. Die kaputte Stelle plane ich, später mit einem weißen Zaubererbart zu überdecken. Meiner Recherche zufolge haben königliche Glücksdrachen in der chinesischen Mythologie nämlich lange und prachtvolle Bärte. Die Tatsache lässt sich wunderbar ausnutzen.

„Ich habe einen Praktikanten gefunden", lässt Magnus die Katze aus dem Sack und holt mich aus meinen Gedanken zurück.

An meinem Earl Grey nippend lasse ich mich hinter meinem Schreibtisch nieder. Magnus liegt mir schon seit Monaten in den Ohren, dass er gerne für sich eine Hilfe einstellen würde. Offensichtlich braucht die männliche Diva eine persönliche Assistenz, um hervorragende Regiearbeit leisten zu können. Bisher konnte ich ihm den Spleen, der uns nur unnötige Kosten beschert, ausreden. Damit ist nun wohl Schluss.

„Was kostet uns dein Praktikant?" Meine Stimme klingt eher leidgeplagt als freudig überrascht. Magnus besitzt eine empfindliche Künstlerseele, die hin und wieder eine besondere Pflege braucht. Sollte der Praktikant einen Lohn vom Theater bekommen wollen, werde ich meinem Kollegen seinen Assistenten sehr behutsam und mit viel Feingefühl ausreden müssen. Dafür habe ich heute Morgen eigentlich gar keine Zeit.

„Nichts." Magnus strahlt immer noch und legt sogar noch ein paar Tanzschritte drauf. „Er kostet uns überhaupt nichts."

Bravo.

„*Nichts* klingt ausgesprochen gut." Jetzt bin auch ich bereit zu lächeln. Anscheinend gibt es doch keine neue Krise, die ich abwenden muss.

Mal abwarten, wie sich die nächsten Tage entwickeln. Wenn es gut läuft, entlastet der Praktikant unter Umständen auch mich.

Träumen ist schließlich erlaubt.

„Wer ist es? Kenne ich ihn? Wie hast du ihn gefunden? Wann kann er anfangen?" In schneller Folge schieße ich eine Frage nach der anderen ab.

„Ryan geht momentan noch zur Schule. Er fängt übermorgen mit Ferienbeginn bei uns an." Magnus geht um seinen Schreibtisch herum, um sich zu setzen. „Er hilft dem Leiter der Theater-AG in der Highschool und ist eine alte Seele."

Frag nicht, Millie!

Woher Magnus wohl weiß, dass Ryan eine alte Seele hat? Besser ich lasse mir das nicht erklären. Ich muss wahrlich nicht alles wissen.

„Wie alt ist Ryan, ohne Nachnamen?" Es hört sich an, als würde der Junge noch zur Schule gehen. Wenn ich richtig liege, wird Magnus ihn als Assistenten wieder verlieren, sobald das neue Schuljahr startet.

„Ryan ist vierundachtzig."

Ach du lieber Gott! Weiter daneben konnte ich mit meiner Schätzung nicht liegen.

Schnell wische ich mir einen Tropfen Tee vom Kinn.

Beinahe hätte ich mich an meinem Earl Grey verschluckt. In dem Fall ist offenbar nicht nur Ryans Seele alt – sein Körper auch.

„Er ist Highschool-Lehrer?", frage ich und überlege gleichzeitig, warum dieser *Old Man* nicht längst in Rente ist. Misstrauen und Besorgnis überkommen mich.

„Nein." Magnus richtet seine Aufmerksamkeit auf den aufgeschlagenen Kalender auf seinem Schreibtisch und tut beschäftigt. „Er ist kein Lehrer, sondern nur jemand, der die Schauspielerei liebt und die Theater-AG, in der sein Enkelsohn spielt, unterstützen möchte."

„Und jetzt möchte er auch uns unterstützen?" Da wartet ein klassisches Drama auf mich. Ich spüre es. Hoffentlich sucht dieser Ryan keine späte Möglichkeit, sich auf der Bühne zu verwirklichen. Der Cast für *Glücksdrachen können nicht fliegen* steht längst. Die Proben sind in vollem Gange. Ich bin zuversichtlich wie nie, dass wir an den Erfolg des letzten Stückes anknüpfen können.

„Du hast es erfasst. Ryan ist meine Unterstützung." Magnus antwortet, ohne mich anzusehen, aber mit Blick auf seine Termine. „Endlich bekomme ich die qualifizierte Unterstützung, die ich verdiene. Ryan wird mir als mein persönlicher Regieassistent bei den Proben in den nächsten Wochen zur Seite stehen."

Na dann ... Hals- und Beinbruch.

Warum weiß ich nur, dass mich bald zwei Exzentriker mit Starallüren überfordern werden?

Hoffen wir einfach das Beste.

9

Natürlich sorgt Sams Bemerkung über den toxikologischen Bericht dafür, dass ich mich nach getaner Arbeit auf dem Weg ins Sheriffbüro mache. Meine Wissbegier ist viel zu groß, um sie ignorieren zu können. Außerdem möchte ich Rick fragen, wann die Spurensicherung plant, meinen Glücksdrachen freizugeben. Ich bin schon gespannt, wie meinem Schnuckelchen die neue Gesichtsbehaarung stehen wird, die ich entworfen habe. Bestimmt kommen damit seine großen Glupschaugen noch besser zur Geltung.

„Hallöchen", begrüße ich Sam, der hinter der Anmeldung steht. „Ist Rick da?" Die Lage abcheckend studiere ich seine Miene. Es wäre nicht das erste Mal, dass er mich abweist, weil der Sheriff beschäftigt ist.

Anders als in der Vergangenheit hellt Sams Miene sich heute auf. „Millie – dich schickt der Himmel."

„Eigentlich schickt mich eher das Theater." Verhalten lächele ich in mich hinein. „Ich wollte mich nach meiner von euch konfiszierten Theaterdekoration erkundigen."

Sam antwortet mir nicht sofort, sondern deutet auf Ricks Bürotür. „Einfach klopfen und reingehen. Je eher, desto besser."

Wieso ist Sam so hilfsbereit? Skeptisch halte ich inne und mustere die geschlossene Tür. Seit wann darf ich einfach durchmarschieren? Etwas Derartiges hat es auf dem Polizeirevier noch nie gegeben.

Einen Moment zögere ich, die Tür im Blick haltend. „Warum habe ich das Gefühl, du schickst mich als Snack in die Höhle des Löwen?"

„Weil es so ist." Sam klingt nicht, als würde er Witze reißen.

Verwirrt stehe ich da und rechne mit dem Schlimmsten.

Da ich keine Wahl habe, trete ich vor und klopfe an die Bürotür des Sheriffs. Unter keinen Umständen werde ich kneifen. Mit einem Brummen, dass ich kaum verstehen kann, werde ich hereingebeten.

Auf ins Ungewisse! Hoffentlich komme ich lebend wieder raus.

„Halloooo." Vorsichtig, als würde ich mich einem angriffslustigen Tier nähern, hebe ich die Hand und versuche mich an einem zaghaften Winken.

„Millie! Komm rein und mach die Tür zu", wird mir im übellaunigen Ton befohlen.

Die Lage abcheckend, tue ich wie mir geheißen und setze mich vor Ricks Schreibtisch. Der Mann mir gegenüber sieht aus, als hätte er einen anstrengenden Tag hinter sich. Seine Augen wirken müde und um den Mund herum hat ein verkniffener Zug die Führung übernommen. Den Grund für diesen beklagenswerten Gesichtsausdruck werde ich sicher gleich erfahren. Da es mir sicherer erscheint, warte ich, bis Rick anfängt zu reden.

„Warum glaubt die ganze Stadt, dass ich mich um deine Geburtstagsparty kümmern sollte?"

Bitte?

Was ist hier los? Mit einer solchen Frage habe ich nun wirklich nicht gerechnet.

Ich fühle mich, als hätte mich gerade jemand ohne Vorwarnung kopfüber in ein Bällebad mit lauter Kleinkindern geworfen, die alle Happy Birthday singen.

Erschrocken und völlig verdattert setze ich mich aufrechter. Da dachte ich, der aktuelle Mordfall oder Ricks Zahnschmerzen wären für seinen momentanen Stress verantwortlich. Weit gefehlt. Mein dreißigster, völlig unwichtiger, Geburtstag ist der Grund. Darauf wäre ich nie gekommen.

„Wer möchte, dass du dich kümmerst?", frage ich mit Angst in der Stimme, die nur jemand hat, der Überraschungen hasst. Warum ist die Luft in Ricks Büro plötzlich so dünn? Und wieso summt es in meinen Ohren, als hätte ich einen Happy Birthday-Ohrwurm?

„Alle." Rick seufzt und sieht mich zum ersten Mal, seit ich das Büro betreten habe, direkt an. „Wirklich alle. Betsy, Magnus und sogar Abigail aus dem B&B. Alle waren schon hier und verlangen Entscheidungen deine Party betreffend."

„Nein!" Fassungslos lege ich mir die Hand über den Mund. Das muss ein schlechter Traum sein. Warum sollten meine Freunde das machen? Sie kennen mich und wissen, dass ich kein Partygirl bin.

„Doch." Rick schüttelt den Kopf, als könnte er es selbst kaum glauben. „Ich habe einen Mordfall aufzuklären und die Einwohner der Stadt wollen, nein, sie verlangen, dass ich mich um Luftballons und Einladungskarten kümmere."

Bitte, bitte nicht!

„Ich möchte keine Feier." Meine Stimme ist nur ein Flüstern. Meine Abneigung, im Mittelpunkt zu stehen, ist wahrlich groß.

„Das habe ich Betsy und Abigail auch schon erklärt."

„Und?" Ruckartig hebe ich den Blick. Ein winziger Hoffnungsschimmer flammt auf und wartet darauf größer zu werden.

„Sie haben meine Einwände abgetan und mich gefragt, welche Schrift ich für die Einladungskarten auswählen würde." Rick lacht, aber es klingt nicht witzig. „Mit Schnörkel oder ohne? Was wäre dir lieber? Noch ist nichts gedruckt. Du kannst es dir aussuchen."

Schockstarre erfasst mich. Was für ein Desaster.

„Bitte sag mir, dass das ein schlechter Scherz ist." Bestimmt bin ich gerade so weiß wie die Wand hinter mir.

„Ist es nicht." Zum ersten Mal höre ich Mitgefühl aus Ricks Stimme heraus. „Leider ist es das nicht", wiederholt er. „Du wirst dich dem Veranstaltungskomitee ergeben müssen."

Wie lächerlich ist das. Ich will das nicht.

Mir ist übel.

„Kannst du den Vorbereitungen keinen Riegel vorschieben? Du bist immerhin der Sheriff. Die Leute von Beverlie Hills hören auf dich und tun für gewöhnlich, was du verlangst. In der aktuellen Lage muss auch bedacht werden, dass ein Mörder frei herumläuft. Es ist viel zu gefährlich, irgendwelche unwichtigen Partys zu schmeißen."

Rick seufzt und jetzt bin ich mir sicher, dass er Mitgefühl für mich empfindet. „Deine Freundinnen kann ich nicht in Schach halten. Magnus vielleicht, der ist leicht abzulenken, aber die Frauen …" Rick wirkt fast so verzweifelt, wie ich mich fühle. „Sie lieben dich und wollen dich eben gebührend hochleben lassen."

Ich möchte mich dem nicht fügen, aber …

„Verstehe." Das tue ich wirklich. Die weiblichen Einwohner von Beverlie Hills haben eine Übermacht und sind daran gewöhnt, zu bekommen, was sie wollen. Ihr Einfluss in der Stadt scheint manchmal grenzenlos.

„Also." Rick klatscht motiviert in die Hände. „Wie lösen wir das Problem? Es muss eine Möglichkeit geben. Ich habe keine Zeit für diesen Quatsch mit den Einladungen."

„Wir?" Fragend sehe ich Moreno an.

„Ja, wir." Rick deutet mit dem ausgestreckten Zeigefinger auf mich und anschließend auf sich. „Es ist dein Geburtstag, also kannst du mich nicht mit all den strengen und zielorientierten Vertreterinnen des schönen Geschlechts allein lassen. Ich brauche deine Hilfe."

Ricks Angst lässt mich trotz der verfahrenen Situation schmunzeln. „Ich möchte keine Party", wiederhole ich mich.

„Das habe ich schon beim ersten Mal verstanden, leider steht dir die Option nicht zur Verfügung. Aber du hast mich an deiner Seite und deshalb darfst du bestimmen, wie deine von dir geplante Überraschungsparty aussehen wird." Rick macht eine allumfassende Geste. „Dann schieß mal los. Keiner in der Stadt erfährt von unserem heutigen Gespräch. Das bleibt vertraulich. Versprochen."

Wir ziehen das also gemeinsam durch? Das ist sein Vorschlag? Ricks Beharrlichkeit in der Angelegenheit gefällt mir überhaupt nicht.

„Klein." Ein Seufzen kommt mir über die Lippen. „Winzig. Eine winzig kleine Minifeier, ohne viel Aufhebens. So was in der Art könnte ich mir vorstellen."

Rick beugt sich über den Schreibtisch in meine Richtung. „Ich denke, von der Vorstellung ein überschaubares Barbecue am See zu veranstalten, kannst du dich zum jetzigen Zeitpunkt bereits verabschieden."

Teufel auch!

„Warum?" Dieser Mann ist grausam. Am liebsten würde ich das Büro fluchtartig verlassen und wegrennen. Mit so viel Ehrlichkeit kann ich nicht umgehen.

„Millie, die Stadt liebt dich und möchte deinen dreißigsten Geburtstag eindrucksvoll und pompös mit dir feiern. Deine Idee mit Betsy in Scott Hills Frühstücken zu gehen, ist ja ganz nett, aber dieser Fluchtversuch wird keinesfalls erfolgreich enden."

Einen Moment erstarre ich.

Kann Rick hellsehen?

„Betsy hat dir von meinem Vorschlag erzählt?", frage ich völlig überrascht, weil das die einzige Möglichkeit ist, wie Rick von meinem Plan erfahren haben könnte. Na warte! Betsy – diese Verräterin.

„Jep. Ich weiß alles." Auf die Aussage scheint Rick mächtig stolz zu sein. Fehlt nur noch, dass er sich tarzanmäßig auf die Brust trommelt.

Verdammt! Die Stadt und allen voran der Sheriff haben mich gezielt ausmanövriert und in die Ecke gedrängt. Ich sitze fest.

Und jetzt?

Diese Diskussion überfordert mich. Ohne in Ruhe darüber nachzudenken, finde ich garantiert keine Lösung.

„Lass uns über etwas anderes sprechen", bitte ich Rick und blicke ihm direkt in die Augen. Er darf ruhig erkennen, wie wenig mir diese Unterhaltung gefällt. „Mein Geburtstag ist noch Wochen hin." Tief atme ich durch. „Wir haben noch ewig viel Zeit uns etwas zu überlegen, um eine ausgelassene Partynacht, womöglich mit pyrotechnischer Darbietung, zu verhindern."

IO

„Sprechen wir lieber über den toxikologischen Befund. Mian Han ist vergiftet worden?"

Alarm! Alarm!

In meinem Hinterkopf ertönt plötzlich ein Warnsignal.

An Ricks strengem Blick erkenne ich, noch bevor ich mir die Hand vor den Mund schlagen kann, dass mir gerade ein schwerer Fehler unterlaufen ist. Verflixt, dieser Geburtstagsquatsch bringt mich total durcheinander. Sonst verplappere ich mich nie.

„Woher hast du diese Information?", fragt Rick mich argwöhnisch.

Wenn Blicke töten könnten ...

„Das ist nicht wichtig", wiegele ich mit einer übertriebenen und sicher lächerlich wirkenden Winke-Geste ab. „Erzähl mir einfach, was in dem Bericht steht. Ich sag es auch nicht weiter. Versprochen." Bestimmt ist es nicht derart einfach, an Informationen zu kommen, aber einen Versuch ist es allemal wert.

„Warum sollte ich das tun?" Ricks Miene ist vorsichtig abweisend, sogar ein wenig überheblich.

Ein Seufzen kann ich nur schwer zurückhalten. Muss dieser Mann immer so schwierig sein?

„Rick, sind wir tatsächlich wieder an dem Punkt angelangt?" Gespielt und übertrieben beleidigt von seiner

Zurückweisung überkreuze ich die Arme vor der Brust. „Du kannst mir vertrauen. Das weißt du doch."

„Darum geht es nicht. Es gibt Dinge, die dürfen in einem Sheriffbüro nicht passieren. Und das sensible Informationen, die die Ermittlungen des aktuellen Mordfalls betreffen, an die Öffentlichkeit gelangen, gehört dazu."

Er hat ja recht. Aber ...

„Rick ..." In versöhnlichem Tonfall versuche ich zu ihm durchzudringen.

„Millie!" Sein Kopf bewegt sich langsam von rechts nach links.

„Bitte." Verzweifelt reibe ich mir über die Stirn und suche nach einer Lösung. Der Mann vor mir ist ein verdammter Sturkopf. „Kannst du bitte einfach mit mir reden. Ich verspreche dir, dass unser Gespräch unter uns bleibt. Nichts davon wird in die Öffentlichkeit getratscht werden." Um meine Aufrichtigkeit unter Beweis zu stellen, hebe ich die Hand zum Drei-Fingerschwur.

Rick rollt mit den Augen. „Du möchtest nur deine Neugier befriedigen." Sein Blick funkelt und seine Mundwinkel zucken. Ein gutes Zeichen. Mein Sieg rückt in greifbare Nähe. Gleich bekomme ich, was ich will.

„Gar nicht", beschwere ich mich und hoffe, dass er sich an unsere Freundschaft erinnert. „Ich möchte dir doch nur helfen, den Fall aufzuklären." Das ist die Wahrheit.

„Ich weiß nicht." Rick reibt sich über die Wange, was mir beweist, dass er noch nicht beim Zahnarzt war.

„Und wenn du mich zum Hilfssheriff ernennst? Dann könntest du mich in alles einweihen." Beflügelt von dem spontanen Einfall grinse ich vor mich hin. Ein blankpolierter Sheriffstern würde mir sicher ausgezeichnet stehen.

„Nein." Entsetzen schwingt in seiner Stimme mit.

„Dann mach mich wenigstens zu einem polizeilichen Berater?" *Ohne Stern.*

Rick antwortet nicht sofort, was mir Hoffnung gibt. Keine Ahnung, wie das Sheriffbüro geregelt wird und ob die Entscheidung allein bei ihm liegt. In Fernsehserien ist das immer alles kein Problem.

„Ich ernenne dich *nicht* zum Hilfssheriff." Mit der Bemerkung löst Rick bei mir ein Gefühl der Enttäuschung aus. Schade.

„Aber?" In Erwartung hebe ich eine Augenbraue. „Irgendwie höre ich da ein *Aber* heraus." Oder ich möchte ein *Aber* heraushören und deshalb klingt es so.

Rick schmunzelt listig und jetzt weiß ich, dass er in seinem Kopf eine Lösung gefunden hat. „Du darfst mir bei den Ermittlungen in diesem Mordfall helfen." Bevor ich mich bedanken kann, bremst er mich, indem er die Hand hebt. „Du bekommst keine Einsicht in Unterlagen zu anderen Straffällen, du störst unsere eingespielten Abläufe nicht und du verpflichtest dich, deine Ergebnisse und Schlussfolgerungen mit mir oder einem aus dem Team zu teilen", stellt er die Spielregeln auf.

Volltreffer! Breit grinse ich. Das ist doch genau das, was ich möchte. „Wo muss ich unterschreiben?"

„Nirgendwo." Auch Rick lächelt und wirkt augenblicklich zufriedener. „Dies ist eine Abmachung zwischen uns beiden – eine Ausnahme. Als Sheriff habe ich die Möglichkeit, Aufgaben an Außenstehende zu delegieren. Und in diesem einen Fall, mache ich dich zu meiner außenstehenden Hilfsperson. Herzlichen Glückwunsch. Du hast bekommen, was du wolltest."

Perfekt. Am liebsten würde ich mir selbst applaudieren. Da Rick mein Verhalten zu Recht lächerlich finden würde, halte ich mich zurück und beschränke mich aufs glückliche Grinsen. Das befriedigt schließlich auch.

„Bekomme ich für die Zeit, in der ich dich mit all meinem Tatendrang unterstütze, einen Stern?" Die Frage kann ich unmöglich runterschlucken. „Oh warte ... oder ein Gehalt?" Das wäre natürlich noch besser.

Rick schnappt nach Luft. „Nein. Zu beidem." Wieder reibt er sich über die Wange. „Überspann den Bogen nicht, Millie, sonst bist du deinen Helferposten so schnell wieder los, wie du ihn bekommen hast."

Verstanden.

Brav, wie es sich für einen Hilfssheriff in Ausbildung gehört, bemühe ich mich um einen konzentrierten Gesichtsausdruck, bei dem ich auf jegliches Mundwinkelheben verzichte. „Alles klar, Sheriff Moreno, ich habe verstanden, Sir." Mein Tonfall ist ernst, nur in meinem Blick dürfte ein Funken Belustigung stecken. „Am besten wir sprechen jetzt über den toxikologischen Bericht."

Rick schlägt eine Akte auf, die mir zuvor gar nicht aufgefallen war. „Dieser Bericht ist nur ein vorläufiger. Es werden noch weitere Tests gemacht. Zum jetzigen Zeitpunkt steht jedenfalls fest, dass sich im Magen des Toten eine nicht unerhebliche Menge Safran befunden hat."

„Safran?" Mein konzentrierter Gesichtsausdruck wird von Verwirrung abgelöst. „Ist das nicht ein Gewürz? Eins das häufig bei asiatischen Speisen verwendet wird? Mian Han war Koch in einem asiatischen Restaurant. Bestimmt hat er unzählige Speisen mit Safran verfeinert", werfe ich meine Bedenken ein. So ungewöhnlich finde ich die Tatsache nicht.

„Stimmt. Aber hier ist die gefundene Menge ausschlaggebend." Rick lehnt sich zurück und legt die Fingerspitzen aneinander. Seine Denkerposition, die ich schon oft bei ihm beobachtet habe. „Was weißt du über Safran?"

„Äh – in den Mikrowellengerichten, die ich aufwärme, ist keins drin." Vielleicht bin ich doch keine so große Hilfe, wie ich gedacht habe.

„Safran ist eines der teuersten Gewürze auf der Welt und kann unter anderem für die Färbung von Reisgerichten verwendet werden", erklärt Rick und macht deutlich, dass er sich bereits informiert hat. „Es ist sehr fein und aromatisch und wird aus winzigen Blütennarben gewonnen, die eine rötlich-orangene Farbe haben."

Zum Zeichen, dass ich verstanden habe, nicke ich und beschließe, heute Abend selbst ein wenig im Internet zu recherchieren. Das tut ein guter Hilfssheriff schließlich.

„Früher wurde es auch als Arznei- und Beruhigungsmittel verwendet", fährt Rick fort. „Denn es hat unter anderem eine stimmungsaufhellende Wirkung."

„Verstehe. Eine zu hohe Dosis kann tödlich sein. Möchtest du mir das sagen?" Sofort beschließe ich, meine zukünftigen asiatischen Fertiggerichte auf Safran zu überprüfen. Sicher ist sicher.

„Im Grunde ist es möglich, an einer Überdosis Safran zu sterben. Schon fünf Gramm sorgen für rauschartige Zustände, Schwindel, Erbrechen und Kontrollverlust. Zehn Gramm sind bei einem Erwachsenen eine tödliche Dosis.“

Ach du liebes Gottchen.

„Zehn Gramm?“, frage ich erstaunt. „Das ist wahrlich nicht viel.“ In Gedanken suche ich nach etwas Vergleichbaren. Wiegt ein großes Stück Schokolade zehn Gramm?

„Fünf bis zehn Gramm hört sich wenig an, aber Safran wird nur in geringsten Mengen zum Würzen benutzt.“ Rick bewegt die Fingerspitzen von Daumen und Zeigefinger aufeinander zu. „Wir reden hier von Mengen um die 0,1 Gramm pro Portion. Das ist nicht mehr als eine Messerspitze voll. Zu viel vom *roten Gold* sorgt nämlich dafür, dass die Speisen bitter schmecken.“

Verblüfft sitze ich da und sortiere, was ich erfahren habe. Rick scheint bereits über jede Kleinigkeit informiert zu sein. „Verstehe. Und in Mian Hans Magen wurde mehr als eine Messerspitze Safran gefunden?“

„Sehr viel mehr.“ Rick nimmt die Hände auseinander, beugt sich über den Bericht und studiert ihn. „Laut Gerichtsmediziner, war die Dosis so hoch, dass der Tote einen Kontrollverlust erlitten haben muss.“

„Du glaubst, jemand hat Hans Essen mit Safran vergiftet?“, spreche ich meine Schlussfolgerung laut aus.

„Nein.“ Rick schlägt die Akte zu. „Eine solch hohe Dosis Safran hätte die Speise ungenießbar gemacht. Mian Han hätte es gemerkt und ganz sicher stehen lassen. Er ist Koch und ohne Frage mit dem Edelgewürz und seinen Eigenschaften vertraut.“

Einen Moment denke ich angestrengt nach.

„Vielleicht wurde Mian Han gezwungen, das vergiftete Gericht zu essen. Hinter vorgehaltenem Messer." So abwegig ist meine Vermutung nicht, schließlich wurde er erstochen aufgefunden.

„Möglich." Rick zuckt mit den Schultern, als wäre er anderer Meinung. „Wahrscheinlicher ist, dass er mit Hilfe von Safrantabletten vergiftet wurde."

Bitte?

Grundgütiger.

„Dieses giftige Zeug gibt es auch in Tablettenform? Zum Einnehmen?" Warum sagt Rick das erst jetzt? Möchte er mich mit seiner Recherche beeindrucken? Erwartet er Lob und Anerkennung?

„Ja." Rick ist sichtlich erfreut, mit seinem Wissen protzen zu können.

„Was können die gefährlichen Pillen? Wobei helfen sie?" Ein paar Einzelheiten wären nicht schlecht.

„Eine Tablette Safran-Extrakt morgens und abends lindert Erschöpfungserscheinungen und hilft bei Depressionen und Stress."

Heute erfahre ich wahrlich eine Menge.

„Wird es häufig eingenommen?" Mir ist das alles neu.

„Keine Ahnung, wie beliebt Safran-Extrakt bei den Menschen ist. Davon steht nichts im Bericht."

Von den vielen Informationen überfordert schüttele ich den Kopf. „Unter Umständen probiere ich das Wundermittel mal aus, wenn Magnus mich mit seinem alltäglichen Unsinn und seiner unerschütterlichen Beharrlichkeit das nächste Mal an den Rand mentaler Erschöpfung treibt." Das ist gelogen. Nachdem was ich gerade gehört habe, möchte ich keine Safranpille einwerfen. Weder morgens noch abends. Dafür steckt ein zu großer Angsthase in mir. Ich bleibe lieber bei meinen wohlschmeckenden Earl Grey. Der wirkt auch ganz hervorragend gegen Stress und fördert meine innere Ausgeglichenheit.

„Nun kennst du den Inhalt des toxikologischen Befunds." Rick lässt mich nicht aus den Augen. „Und? Welche Schlussfolgerungen ziehst du als meine neue Beraterin? Wo setze ich meine nächsten Ermittlungen an? Möchtest du mir einen Rat geben?"

Vorsicht. Er will dich auf die Probe stellen. Denk nach, Millie! Du bist gut in solchen Dingen.

„Warst du schon bei Betsy?", frage ich selbstbewusst und voller Arbeitseifer.

Rick stutzt. „Betsy war bei mir, wegen deinem Geburtstag. Warum sollte ich sie aufsuchen?"

Diesmal rolle ich mit den Augen. „Warst du schon bei ihr am Apothekenschalter, um zu überprüfen, wer in den letzten Wochen Safran-Extrakt gekauft hat?", präzisiere ich meine Frage, nicht ohne Genugtuung in der Stimme.

Bei Ricks letztem Mordfall habe ich Läuse auf dem Kostüm von Kirby King gefunden und geschlussfolgert, dass sie vom Mörder stammen könnten. Damals bin ich gleich zu Betsy gegangen, um herauszufinden, wer zuletzt Läuseshampoo gekauft hat.

Rick erkennt die Schlussfolgerung hinter meiner Frage. Wie schon beim letzten Mal scheint er nichts von dieser Art der Beweisführung zu halten. „Nein. Bei Betsy war ich noch nicht." Er seufzt ergeben, weil er ahnt, was auf ihn zukommt.

Manchmal denkt man an das Naheliegende zuletzt.

„Dann lass uns gleich rüber an den Apothekenschalter gehen." Da muss Rick jetzt durch. „Heute ist Donnerstag, also wird Betsy vor Ort sein. Wenn ich dich begleite, wird sie dich bestimmt nicht auf die ultrawichtigen Vorbereitungen zu meinem Geburtstag ansprechen und dich nach deiner Meinung zu bunten oder einfarbigen Luftschlangen fragen." Ein Kichern, das ich in vollen Zügen genieße, kommt mir über die Lippen. „Die große Feier soll schließlich eine Überraschungsparty werden. Mit mir an deiner Seite bist du sicher. Hab ich nicht recht?"

Rick steht auf und brummt ungehalten vor sich hin. „Für meinen Geschmack genießt du meine Zwangslage ein bisschen zu sehr." Ohne auf mich zu warten, marschiert der Frauengeplagte aus seinem Büro.

II

„Hallo Betsy", begrüße ich Beverlie Hills' erfahrenste Apothekerin und Klatschtante Nummer eins.

„Hi Millie." Ihr Blick wandert von mir zu Rick und erstarrt. „Sheriff Moreno!" Mit hochgezogener Augenbraue und gesenkter Stimme beugt sie sich in meine Richtung. „Wieso seid ihr zusammen unterwegs? Ich dachte immer, unser Sheriff wäre ein Einzelgänger. Läuft da etwas zwischen dir und dem einsamen Steppenwolf?"

Natürlich spricht sie nicht leise genug, sodass Rick alles mitbekommt. Selbst wenn er Betsy nicht verstanden hätte, wäre die Geste von mir zu ihm und zurück, die unsere Apothekerin mit dem Zeigefinger vollführt, verständlich genug.

„Ja, da läuft was zwischen uns", bestätige ich Betsys Vermutung, weil ich einfach nicht anders kann. Es ist zu verlockend. Ricks Miene ist extrem leicht zu beeinflussen. Er hat eine grenzenlose Bandbreite an Gesichtsausdrücken. Einer schöner als der andere.

Wie erwartet, schnappt Betsy nach Luft. Rick schützt gleich darauf die Lippen und lässt mich seine Empörung spüren. Einfach herrlich.

Befriedigt von den provozierten Reaktionen grinse ich genüsslich vor mich hin. „Ich bin sein neuer Hilfssheriff. Oder heißt es Hilfssheriffess?" Fragend sehe ich Rick an, der jetzt nicht nur erzürnt schaut, sondern auch einen roten Halsansatz bekommt. Sogar seine Halsschlagader tritt pochend hervor.

Gar nicht gut, Millie.

„Du bist weder das eine noch das andere, noch sind wir auf irgendeine Art zusammen", blafft er mich an und zeigt mir ein Mienenspiel, das ich noch nicht kenne. „Und solltest du diesen Stuss herumerzählen, werde ich dich für eine Nacht im Gefängnis über dein ungebührliches Verhalten nachdenken lassen."

Meine Güte. Da ist aber einer empfindlich.

Hier habe ich wohl eine Grenze überschritten.

„Entschuldige", wende ich mich an Betsy und ignoriere Rick. „Natürlich läuft zwischen uns nichts. Ich helfe Rick nur dabei einige Fragen im aktuellen Mordfall zu klären." Mit einem Räuspern fahre ich fort: „Du musst seine schlechte Laune entschuldigen. Unser geschätzter Sheriff hat Zahnschmerzen."

Die letzte Äußerung scheint Rick ebenso wenig zu gefallen wie alles andere, was ich bisher von mir gegeben habe. Männer sind aber auch Zimperliesen.

Betsy fängt an zu kichern, hält aber einen Kommentar zurück. Zum Glück. Rick sieht nicht aus, als würde sein Ego weitere schlaue Sprüche von vorlauten Frauen vertragen.

„Um was geht es denn genau?", fragt Betsy mich, wieder ernst. „Warum seid ihr beiden Hübschen hier?"

„Hast du eine Ahnung, wer aus der Stadt in den letzten Tagen Safran-Extrakt gekauft hat?" Neugierig wie ich bin, komme ich direkt auf den Punkt.

Betsy legt sich einen Finger ans Kinn und scheint über ihre Antwort einen Moment nachzudenken. „Safrantabletten stehen vorne im ersten Regal, ganz oben neben den Schwangerschaftstests." Sie deutet in die Richtung. „Ich bekomme hinter meinem Schalter nicht alles mit, aber Abigail Sutter schwört auf die Wirkung von Safran. Sie hat ihre Schlaftabletten schon vor Monaten abgesetzt und nimmt stattdessen jetzt Safran. Angeblich sorgt ein bestimmter Wirkstoff im Safran dafür, dass sie von heißen Männern in roten Stringtangas träumt."

Ach du grüne Neune!

Wie krass ist das denn?

„Abigail hat Sexträume?" Zu spät denke ich daran, meine Stimme zu senken. „Von Safran-Extrakt?"

Verdammte Zwickmühle! Soll ich ungläubig starren oder mich kaputtlachen? Ich bin zu verwirrt, um das zu entscheiden, also schüttele ich lediglich den Kopf.

Betsy nickt und Rick weicht mehrere Schritte von uns zurück, als hätten wir plötzlich Symptome einer hochansteckenden Krankheit.

„Jep. Wilde Sexträume, die sie so ins Schwitzen bringen, dass sie morgens ihr Nachthemd wechseln muss." Betsys Miene ist argwöhnisch. Die Zweifel stehen ihr ins Gesicht geschrieben. „Abigail hat wohl schon versucht, einige ihrer Gäste aus dem B&B von den Tabletten und ihrem pflanzlichen Wirkstoff zu überzeugen. Aber die meisten stellen ihre wilden, bildgewaltigen Traumschilderungen infrage und reden sogar von Fieberträumen."

Ein Hoch auf die Wechseljahre. Wobei ... Abigail ist Mitte sechzig und sollte das Klimakterium längst hinter sich gelassen haben.

Nur mit Mühe kann ich ein Kichern unterdrücken. Diese Träume und die Schlussfolgerung sind typisch für die Frauen von Beverlie Hills, genau wie die Skepsis. Ihr Bewusstsein gleicht vermutlich den akuten Männermangel aus und wird dadurch leicht beeinflussbar.

Rick, ganz der erhaben dreinblickende Sheriff, stößt ein Schnauben aus und geht in den ersten Gang, um sich die Auswahl an Safranprodukten anzusehen. Er möchte eindeutig nichts mehr über Abigail und ihre von Safran ausgelösten Fantasien hören.

„Gibt es noch jemanden in der Stadt, der auf Safran-Extrakt schwört? Oder jemanden, der erst kürzlich etwas davon gekauft hat?" Ich fühle mich wie eine professionelle Fragestellerin der Polizei.

Betsy schüttelt den Kopf. „Nein." Sie seufzt und ich erkenne an ihrer Miene, dass sie mir gerne weiterhelfen würde. „Aber möglicherweise kaufen die Frauen von Beverlie Hills ihr Ich-möchte-auch-von-Männern-in-roten-Stringtangas-träumen-Safran in Scott Hills oder Glenn Hills." Sie zuckt mit den Schultern.

„Wie kommst du darauf?" Vielleicht sollte ich mir einen Block und einen Stift zulegen. Dann könnte ich mir die wichtigsten Aussagen aufschreiben.

„Abigail hat ein loses Mundwerk und teilt gerne den neusten Klatsch. Verständlich, dass eine zukünftige Safrankäuferin in die Nachbarstadt fährt, um kein Gerede auszulösen. Es soll schließlich nicht jeder erfahren, wie trostlos die Lage zwischen den Laken ist."

„Verstehe." Das Los einer Kleinstadt. Hier weiß jeder über jeden genaustens Bescheid. „Niemand möchte mit seinem Drogerieeinkauf für mehr Gossip sorgen."

„Genau. Zu viele Frauen in Beverlie Hills wünschen sich mehr als ein paar heiße Träume."

Rick legt mir im nächsten Augenblick eine Hand auf die Schulter. „Sam hat angerufen. Wir müssen los.“

Es freut mich, dass mein neuer Boss daran denkt, mich mitzunehmen. Immerhin sind wir erst seit wenigen Stunden ein Team. Schnell verabschiede ich mich von Betsy und renne Rick hinterher. Warum läuft er so schnell? Ergreift er gerade die Flucht, oder hat Sam wirklich Brisantes erfahren?

12

„Wohin gehen wir?" Gemeinsam treten wir durch die Tür ins Freie.

„Asia Garden", ist Ricks knappe Antwort.

Offensichtlich hat seine Laune sich in den letzten Minuten rapide verschlechtert, denn eine ausführlichere Erklärung bekomme ich nicht.

„Du solltest morgen früh als erstes zum Zahnarzt gehen." Soweit ich das beurteilen kann, ist Rick von Natur aus kein Spaßvogel, aber mit Zahnschmerzen ist er kaum zu ertragen.

„Warum?"

Meine Füße verheddern sich und ich gerate ins Stolpern, so überrascht bin ich von der Frage. „Ich weiß nicht? Vielleicht für eine professionelle Reinigung oder um dir ein bisschen Zahnstein entfernen zu lassen?" Meine Stimme trieft vor Sarkasmus.

Ricks Antwort ist natürlich ein gereiztes Brummen. „Ich überlege es mir."

Eine Zusage wirst du von diesem Feigling nicht bekommen, Millie. Er hat die Hosen gestrichen voll.

„Erzählst du mir, warum wir in den Asia Garden müssen?" Gerne würde ich auf das eigentliche Thema zurückkommen. Der Blick auf die Uhr verrät mir, dass es bereits spät ist. Ein plötzliches Hungergefühl meldet sich, bei dem Gedanken an frisch zubereitetes asiatisches Essen.

„Bo Park ist im Asia Garden." Rick hält im Gehen inne, um mir einen Blick zuzuwerfen. „Und er übernimmt ab morgen die Arbeit von Mian Han."

Na, wenn das keine Überraschung ist ...

„Der Asia Garden eröffnet wieder? Schon so bald? Hat Quentin Silver uns nicht erzählt, er hätte kein Personal und auch kein Geld, um in den nächsten Wochen über die Runden zu kommen?"

„Ja, hat er." Wenn Rick das verwundert, lässt er es sich nicht anmerken. Er geht einfach weiter und erwartet, dass ich ihm folge.

„Verstehe." In Gedanken versunken verlängere ich meine Schritte, um mit der Nummer eins des Sheriffbüros mithalten zu können. Wie dieser Bo Park wohl drauf ist? Große Trauer kann er nicht empfinden, wenn er, kaum dass sein Zukünftiger gestorben ist, dessen Job übernimmt. Oder sein Kummer ist so groß, dass er die Arbeit in der Restaurantküche als Zuflucht benutzt. Wer weiß das schon? Beides wäre möglich.

Mal sehen. Bestimmt wird es äußerst aufschlussreich, diesen Bo Park kennenzulernen.

***

Ricks Miene ist streng offiziell, als wir von Quentin Silver ins Innere des Restaurants geführt werden. Wir folgen ihm bis an die Bar, an der ein adrett in schwarz gekleideter Mann steht und ein Glas mit einer durchsichtigen Flüssigkeit in der Hand hält. Darin schwimmen eine Limette und ein paar Eiswürfel.

Anders als Mian Han ist Bo Park groß und ungewöhnlich schlank für meine Vorstellung eines Kochs. Er scheint wie sein Verlobter asiatischer Abstammung zu sein. Seine schwarzen Haare sind dem dunklen Ansatz zufolge vor einiger Zeit blondiert worden und fallen ihm ins Gesicht. Während der Arbeit muss das unglaublich nervig sein.

„Darf ich vorstellen", sagt Silver. „Bo Park. Er ist gerade aus San Franzisco gekommen. Es war sein Wunsch, umgehend den Sheriff sprechen zu dürfen."

Rick scheint darüber sehr erfreut zu sein.

„Sheriff Moreno." Der Mann an meiner Seite reicht Bo Park die Hand. „Mein Beileid für Ihren Verlust." Er deutet auf mich. „Das ist Millie Hargrove, sie hat Ihren Verlobten aufgefunden und begleitet mich bei den aktuellen Ermittlungen. Sie ist die Bühnenbildnerin im Beverlie Hills Theater."

Bo Park richtet seinen prüfenden Blick umgehend auf mich, was sich komisch anfühlt. Fast als würde er sich fragen, ob ich seine große Liebe womöglich vor dem Auffinden umgebracht habe.

„Mein Bei – leid", stottere ich leise und verzichte darauf, ihm die Hand zu reichen. Der Blick, mit dem er mich straft, ist einfach zu gruselig. Besser kein Händeschütteln.

Park legt einen cremefarbenen Kamelhaarmantel, der mir bisher nicht aufgefallen ist, vom Nachbarhocker über den Tresen und setzt sich anschließend auf den Barstuhl. Dieser Mantel ist wunderschön und war sicher ziemlich teuer. Das sagt die Schneiderin in mir.

„Wie ist der Stand Ihrer Ermittlungen, Sheriff? Klären Sie mich auf. Haben Sie schon einen Hinweis auf den Täter?", fragt Park, nachdem er sein Glas auf den Tresen abgestellt hat. Quentin Silver, der direkt neben ihm steht, wird ignoriert. Mian Hans Verlobter wendet ihm sogar den Rücken zu. Müsste ich raten, würde ich darauf wetten, dass die beiden keine Freunde sind und diese abweisende Körpersprache etwas zu bedeuten hat.

„Wir ermitteln noch", antwortet Rick und bleibt vage. Er mustert sein Gegenüber, genau wie ich es getan habe. „Aber es ist gut, dass Sie hier sind. Es gäbe da ein paar Routinefragen zu beantworten."

Park nickt und Silver lässt sich wortlos auf einen der freien Barhocker sinken.

„Der Verstorbene war Ihr Verlobter?" Auf die Frage kennt Rick die Antwort bereits.

„Ja, wir wollten nächstes Jahr heiraten und uns gemeinsam in Beverlie Hills eine Existenz aufbauen." Park greift nach seinem Wasserglas, trinkt aber nicht. Es hat den Anschein, als suche er nach etwas zum Festhalten.

„Dieses Restaurant …", Rick deutet mit einer Geste um sich, „… war der erste Schritt dazu, nehme ich an?"

„Ja." Der zukünftige Koch wirft Quentin Silver einen Blick zu, der alles und nichts bedeuten kann. „Der Asia Garden war Mians Traum."

Schwingt da eine Spur Neid mit?

„Unser Traum", korrigiert Quentin Silver und wirkt beleidigt. Zwischen den beiden liegt garantiert Einiges im Argen. Ihre Körpersprache ist nicht schwer zu deuten.

Bo Park schweigt für den Moment.

„Quentin hat recht", fährt er wenig später fort und dreht das Glas in den Händen, sodass die Eiswürfel klirren. „Mian und Quentin kennen sich schon seit Jahren und haben sich gemeinsam diesen Wunsch erfüllt. Ich bin erst später dazugestoßen." Wehmut und Missfallen schwingen mit. Hat diese Melancholie etwas zu bedeuten? Leider habe ich keine Erfahrung in der Befragung von Angehörigen. Ich habe überhaupt keine Erfahrung, irgendjemandem irgendwas zu entlocken oder seinen Trübsinn zu analysieren. Kunst ist meine Kernkompetenz.

„Es hört sich an, als wären Sie nicht begeistert, dass Ihr Freund in ein *halbes Restaurant* investiert hat." Rick betont das halbe Restaurant.

Der Befragte seufzt. „War ich auch nicht. Aber ich wollte dem Traum meines Verlobten nicht im Weg stehen. Es war schließlich sein Geld, das in das Restaurant geflossen ist."

Quentin Silver verzieht das Gesicht und scheint ein Augenrollen zu unterdrücken. „Bo und ich sind keine besonders dicken Freunde." Er zuckt mit den Schultern, als würde das nichts zur Sache tun. „Mian war das Bindeglied zwischen uns. Er hat dafür gesorgt, dass es zwischen uns dreien funktioniert hat."

Interessant. Das bedeutet wohl nichts Gutes für die Zukunft.

„Mein Verlobter war Sternzeichen Waage", erklärt Park und trinkt einen Schluck von seinem Limettenwasser. „Ihm war es wichtig, dass alle in seinem Umkreis sich verstanden haben und es keinen Streit oder gar ein Ungleichgewicht gab."

Mit Mühe muss ich ein Kichern unterdrücken. Ricks Miene nach zu urteilen, hält er nichts von Tierkreiszeichen und deren Bedeutung.

„Mr Silver hat uns verraten, dass Ihr Verlobter handwerklich sehr geschickt war." Rick mustert sein Gegenüber. „Hat er tatsächlich all seine Messer selbst geschärft?"

Der Gefragte schmunzelt und scheint für einen Moment seinen Erinnerungen nachzuhängen.

„Mian hatte einen Narren an den verschiedensten Messern gefressen. Für Sie mag es ungewöhnlich sein, aber im Grunde sorgt jeder gute Koch selbst dafür, dass seine Messer scharf und einsatzbereit sind. Daran ist nichts ungewöhnlich."

Quentin Silver bestätigt die Aussage mit einem Nicken.

„Dann wollte er nicht an dem Messerschmiedewettbewerb in Scott Hills teilnehmen?" Die Frage ist ein Schuss ins Blaue.

Park lacht und stellt das Glas zurück auf den Tresen, bevor er etwas davon verschüttet. „Nein, ganz sicher nicht. Keine Ahnung, was das für ein Wettkampf ist, von dem Sie da sprechen, aber … nein." Ein Kopfschütteln unterstreicht die Worte. „Niemals. Vielleicht wäre Mian hingefahren, um sich die Wettkämpfe anzusehen; mehr aber auch nicht. Mein Verlobter war nicht nur Waage, er war auch Perfektionist. Mian würde sich nur messen, wenn die Chance zu gewinnen groß ist. Und da er von der Schmiedekunst so gut wie keine Ahnung hat, wäre er niemals angetreten."

„Verstehe." Rick nickt und wendet sich an Quentin Silver. „Haben Sie überprüft, ob in der Küche ein japanisches Hackmesser fehlt? Sie wollten mich anrufen, was Sie bisher nicht getan haben."

„Entschuldigen Sie, Sheriff. Das habe ich in dem Trubel um die Restauranteröffnung völlig vergessen." Quentin erhebt sich. „Ich werde jetzt gleich nachsehen gehen."

„Bitte tun Sie das." Rick scheint es zu gefallen, Park einen Moment allein ausfragen zu können. Steckt Berechnung dahinter? Ich bin noch nicht lange genug Hilfssheriff, um das feststellen zu können.

„Darf ich erfahren, warum Sie Mr Silver helfen, den Asia Garden wieder zu eröffnen? Sie sagen selbst, dass Sie beide keine Freunde sind. Sie sind Mr Silver doch zu nichts verpflichtet."

„Ich mache das allein für Mian. Mein Verlobter hätte nicht gewollt, dass sein Traum so schnell platzt. Außerdem habe ich meine alte Arbeitsstelle bereits gekündigt." Bo Park schluckt und streicht sich eine Haarsträhne aus dem Gesicht. „Ich wollte sowieso nach Beverlie Hills kommen. Und irgendwie muss ich schließlich finanziell in den nächsten Wochen über die Runden kommen." Ein langes Seufzen kommt ihm über die Lippen. „Die Beerdigung wird sicher einiges kosten."

Ach Gottchen! Dieses Drama kaufe ich Park nicht ab. Der hübsche Kamelhaarmantel sieht nicht aus, als würde er jemandem gehören, der nur schwer über die Runden kommt.

„War es von Mr Silver geplant, dass Sie in der Küche einsteigen, sobald Sie in der Stadt sind?", erkundigt Rick sich.

„Eine schriftliche Vereinbarung oder einen Arbeitsvertrag gibt es nicht, wenn es das ist, was Sie wissen möchten, Sheriff." Park überkreuzt die Arme vor der

Brust. Ihm scheint die Lust an dem Gespräch zu vergehen.

„Dürfte ich mich erkundigen, ob Mian Han Safran-Extrakt genommen hat?", grätsche ich Rick dazwischen, weil ich Angst habe, dass Silver zurückkommt, bevor ich die Frage stellen kann. Ich halte den von nun an alleinigen Besitzer des Asia Garden nämlich für ziemlich verdächtig. Für mich kommt er durchaus als Mörder infrage. „Vielleicht hat er es abends genommen, zum Einschlafen?"

Jetzt bloß nicht rot werden. Ich zwinge mich, nicht an rote Stringtangas und wilde Sexträume zu denken.

Meine Frage scheint Park zu verwirren. „Soweit ich weiß, hat Mian Safran nur in der Küche verwendet. Er machte eine vorzügliche Kokos-Safran-Sauce, die ausgezeichnet zu Hühnchen schmeckt." Das letzte sagt er mit einem Stocken in der Stimme und plötzlich feuchten Augen.

Bevor der Trauernde mich fragen kann, warum ich das wissen möchte, kommt Quentin Silver zurück.

„In Mians Messerblock fehlt ein japanisches Hackmesser", lässt er die Bombe platzen.

13

37 Tage bis zum 30. Geburtstag

Seit wir den Asia Garden vor zwei Tagen gemeinsam verlassen haben, habe ich nichts von Rick gehört. Zugegeben ich hatte mit meinem eigentlichen Job genug um die Ohren, aber als Hilfssheriff in Ausbildung habe ich darauf gehofft, dass er mich mehr in seine Ermittlungsarbeit miteinbezieht.

Ob es schon was Neues von der Spurensicherung gibt? Wehe, ich bekomme meinen Glücksdrachen nicht rechtzeitig zur Premiere zurück.

Seit zwei Stunden stehe ich bereits an einem meiner Schneidertische in der Werkstatt des Theaters und arbeite an dem Gewand des Königs und der Königin. Nur selten habe ich so viele verschiedene Samtstoffe für ein einziges Stück benötigt. Das Kostüm ist unglaublich wichtig für jeden unserer Darsteller. Es hilft dem Künstler seine Rolle zu verinnerlichen und eins mit der Person dahinter zu werden. Aus dem Grund habe ich nicht unendlich viel Zeit fertig zu werden. Spätestens nächste Woche soll es eine erste Anprobe für alle Schauspieler geben.

Die heutigen Proben haben noch nicht begonnen. Das Theater und die Bühne sind noch von Stille erfüllt. Eine Stille, in der es sich bestens arbeiten lässt.

Lautes Klopfen sorgt dafür, dass ich zusammenzucke und mich beinahe mit der Nadel aufspieße.

„Millie, Sam Denby ist da und wartet im Büro auf dich", wird mir von Magnus durch die geschlossene Tür wenig freundlich zugerufen. Offensichtlich ist unser Regisseur zu gestresst, um die Schneiderei zu betreten und mich von Angesicht zu Angesicht zu informieren. Typisch Magnus. An manchen Tagen fegt er durch den Backstagebereich und tut so, als fehle ihm sogar Zeit zum Luftholen.

Was Sams Besuch wohl zu bedeuten hat? Hat Rick ihn geschickt? Bekomme ich vielleicht heute schon meinen Glücksdrachen zurück? Oder gibt es neue Ermittlungserfolge, über die ich persönlich informiert werde?

Von Hoffnung und Neugier beflügelt, eile ich ins Theaterbüro.

„Hey du", begrüße ich den Deputy Sheriff, in dessen Seele ein unentdeckter Künstler schlummert.

„Hallo Millie." Sam, der in Uniform auf dem Stuhl vor meinem Schreibtisch sitzt und bis gerade auf sein Handy geschaut hat, dreht sich zu mir um. „Ich habe gute Neuigkeiten für dich."

Dein Riesenbaby kommt nach Hause, Millie. Etwas anderes kann es nicht sein.

„Das habe ich gehofft." Ein Glücksgefühl breitet sich in mir aus. „Du glaubst gar nicht, wie sehr ich das gehofft habe", wiederhole ich mich und gönne mir ein beseeltes Seufzen. Ich lege mir sogar kurz die Hand aufs Herz, so dankbar bin ich.

Als Sam aufsteht, nehme ich ihn kurzentschlossen in den Arm und drücke ihn. Es ist eine freundschaftliche Umarmung, die reine Dankbarkeit ausdrückt. „Sag mir, dass ich mein Riesenbaby morgen bei der Spurensicherung abholen kann." Ich lasse Sam, dessen Gesichtsfarbe plötzlich eine leichte Röte überzieht, los und gehe um den Schreibtisch herum, um mich zu setzen.

„Du kannst deinen chinesischen Glücksdrachen mit den Glupschaugen morgen bei der Spurensicherung abholen." Der Mann mit den weltbesten Neuigkeiten setzt sich zurück auf den Stuhl.

„Wie cool." Ich kann mein Glück kaum fassen. Das ist verdammt großartig. „So verdammt leicht haben wir das Stück *Glücksdrachen können nicht fliegen* vor seinem frühzeitigen Aus gerettet."

„Wenn du es sagst." Sam lacht offen mit dem ganzen Gesicht. Wahrscheinlich ist mein freudetrunkener Ausdruck der Grund dafür.

„Bekomme ich noch weitere Informationen? Konntet ihr Spuren finden, die auf den Täter deuten?" Gespannt bin ich schon irgendwie.

Sam schüttelt den Kopf. Sein Lächeln ist verschwunden. „Wie es aussieht, hat der Mord an dem Koch nichts mit dem Diebstahl deines Drachen zu tun." Aus seinem Lachen ist ein Schmunzeln geworden.

„Okaaaay?" Ich lasse das Wort wie eine Frage klingen. Mit gerunzelter Stirn warte ich auf weitere Erläuterungen.

Einen Moment scheint Sam zu überlegen, wie viel er mir erzählen darf, aber dann gibt er sich einen Ruck.

„Anscheinend haben ein paar übermütige Sechzehnjährige eure Speditionskiste aufgebrochen und die Theaterdekoration zuerst in den Wald und anschließend auf den Spielplatz geschleppt", erklärt Sam mit der sachlichen Stimme eines Deputys. „Dein Drache ist nur groß, aber nicht schwer, weswegen die jungen Diebe ein leichtes Spiel mit dem Ungetüm hatten."

„Aber warum, zum Teufel? Warum haben sie das getan?" Von jetzt auf gleich bin ich stinksauer auf die Übeltäter. All der Ärger ... für nichts.

Sam zuckt mit den Schultern. „Warum wird etwas mutwillig zerstört oder kaputt gemacht?" Er schlägt die Beine übereinander und wippt mit dem Fuß. „Offenbar hatten die drei Teenager Lust zu feiern und brauchten ein Versteck. Sie haben von irgendwoher ein paar Bierdosen bekommen und es sich in dem Drachenkörper bequem gemacht. Im Wald hat es angefangen, bevor es später in der Nacht zu ungemütlich wurde. Vor Mitternacht haben die drei sämtlichen Kram zum Spielplatz geschleppt und sich dort weiter betrunken. Im Morgengrauen sind sie abgehauen und haben alles einschließlich der Bierdosen liegen lassen."

Ein Albtraum könnte nicht schlimmer enden!

„Diese Halbwüchsigen ohne Verstand haben meine kostspielige und nahezu unersetzliche Dekoration als Zelt benutzt?" Fassungslos und mit Unglauben reibe ich mir die Schläfen. Allein der Gedanke verursacht mir körperliche Schmerzen.

Was für eine schockierende Vorstellung. Mein armer Drache.

„Es scheint so." Sam strahlt Mitgefühl aus. Er kennt mich und weiß, wie viel Arbeit ich in jedes einzelne Bühnenbild stecke.

„Habt ihr die pubertierenden Idioten geschnappt?" Mit der Hoffnung auf Rache lasse ich die Hände sinken. Die Frage ist eigentlich überflüssig. Bestimmt würde

Sam nicht hier sitzen und mir eine Erklärung nach der anderen liefern, wenn es anders wäre.

„Wir wissen, wer die Jungs sind und von wem sie den Alkohol bekommen haben. Der Kontakt mit den Eltern ist bereits hergestellt. Die Feierwütigen haben neben dem Müll ein Festmahl für die Spurensicherung hinterlassen. Es wird garantiert Folgen für alle Beteiligten geben."

„Wenigstens etwas", brumme ich vor mich hin und suche nach einer Beschäftigung für meine Finger. Mangels Alternativen greife ich nach einem Stift und umklammere ihn. Hoffentlich jagt Rick ihnen einen ordentlichen Schrecken ein. Eine Nacht im Gefängnis könnte einiges bewirken.

„Sollten sie zu Sozialstunden verdonnert werden, möchte ich, dass sie die hier im Theater ableisten. Ich finde sicher eine geeignete Aufgabe für die herzlosen Kunstbanausen." Der Gedanke die drei Jungs mit den hassenswertesten Aufgaben, die es im Theater gibt, zu versorgen, ist wie eine heilende Salbe auf meinem schmerzenden Körper. Ich könnte sie die Toiletten schrubben lassen. Am besten nach der Vorstellung, da ist die Damentoilette immer besonders chaotisch.

Sam scheint meine Gedanken zu lesen, denn er murmelt etwas von *die armen Jungs* vor sich hin.

Umständlich räuspere ich mich und gebe mir gleichzeitig die größte Mühe nicht diabolisch zu grinsen. Gar nicht so leicht.

„Im Laufe des Nachmittags bekommst du dein rotes Monstrum zurück. Zwei Mitarbeiter der Spurensicherung bringen es ins Theater. Sie sind froh, wenn sie das Biest los sind. Es nimmt wohl ziemlich viel Platz weg."

„Es gehört ja auch auf die Bühne und nicht in ein technisches Labor." Breit lächele ich. Der Gedanke, meinen Glücksdrachen schon heute zurückzubekommen, ist einfach zu gut.

Sam erwidert mein Lächeln. Er freut sich mit mir, das ist nicht zu übersehen. Es steckt eben doch ein verständnisvoller Theatermensch in dem Deputy.

„Also …", fange ich an zusammenzufassen. „Die drei jungen Amigos mit dem Bier haben die vor dem Theater abgestellte Speditionskiste aufgebrochen und meinen Glücksdrachen geklaut, um Party zu machen. Später kam dann der Mörder mit dem toten Mian Han vorbei und hat ihn in die Kiste gelegt, weil … keine Ahnung … die Kiste groß genug für eine Leiche war und er ein Versteck brauchte." Mit dem Stift kratze ich mich am Kopf.

Sams Blick ist ernst. „Was an dem Abend genau passiert ist, wissen wir noch nicht. Klar ist zum jetzigen Zeitpunkt nur, dass Mian Han nicht vor dem Theater umgebracht wurde. Er ist woanders gestorben und wurde erst später in die Kiste gelegt."

„Ist er vergiftet oder erstochen worden?", stelle ich eine, wie ich finde, wichtige Frage. „Gibt es schon einen abschließenden Bericht aus dem Labor?"

„Der Tote ist an einer Überdosis Safran gestorben." Sam antwortet, ohne zu zögern. „Das Messer landete erst nach Eintritt des Todes in seiner Brust."

Allein die Vorstellung, wie das riesige Hackmesser zwischen die Rippen gestoßen wird, verursacht mir eine Gänsehaut. „Warum nur?" Ich schüttele mich und stelle mir vor, wie viel Kraft für einen solchen Stoß aufgewendet werden muss. „Wer macht so was? Wer ist dazu überhaupt fähig?"

Seit wann ist unsere herzallerliebste und zum Wohlfühlen bestimmte Kleinstadt nicht mehr herzallerliebst und zum Wohlfühlen?

„Vermutlich war der Täter sich nicht sicher, ob Mian Han wirklich tot war und wollte sich mit dem Messer zusätzlich absichern. Doppelt hält schließlich besser." Sam stockt und denkt einen Moment nach. „Vielleicht wollte er aber auch eine falsche Spur nach Scott Hills legen. Dort trifft sich schließlich die Elite der Messerschmiedekunst. Oder der Kriminelle musste sich mit dem Stich in die Brust Befriedigung verschaffen. Es ist immerhin möglich, dass der Mörder Mian Han gehasst hat."

Sam sorgt mit seiner Auslegung für einige Denkanstöße.

„Du hast sicher recht. Es gibt eine Menge zu beachten und abzuwägen." Erneut kratze ich mich am Kopf. „Ich halte übrigens Quentin Silver für den Mörder." Es fühlt sich gut an, meine Vermutung laut auszusprechen. Da Sam mich an seinen Schlussfolgerungen teilhaben lässt, werde ich das auch tun. „Silver hat ein Motiv. Er profitiert von Hans Tod und wird alleiniger Besitzer eines Restaurants. Außerdem scheint er mir ein bisschen zu hilfsbereit. Für ihn wäre es ein Leichtes gewesen, Han den Safran in einem Getränk oder einer Mahlzeit unterzuschieben, vielleicht spät am Abend nach getaner Arbeit, im Restaurant ... keine Ahnung." In Fahrt gekommen fuchtele ich mit den Armen. „Dann noch eben das Messer in die Brust stoßen, um sich für was weiß ich zu rächen und sich Befriedigung zu verschaffen ... und ..."

„Wie hätte Silver den Toten zum Theater geschafft?", unterbricht Sam meine Fachsimpelei. „Menschen sind schwer, die trägt man nicht mal eben so kilometerweit herum."

Die Frage bringt mich kurzzeitig aus dem Konzept, sodass ich nicht sofort darauf antworten kann.

„Hm – war der Tote wirklich so schwer?", erkundige ich mich und sehe an den Stirnfalten, wie Sam anfängt zu grübeln. „Mian Han war Asiate und klein gewachsen, außerdem war er nicht übergewichtig. Wie schwer mag er wohl gewesen sein? Vielleicht sechzig Kilo? Oder nur unwesentlich mehr."

„Okay", gibt Sam nach. „Für einen starken Mann wäre es nicht unmöglich gewesen, den Toten ein Stückweit durch die Stadt zu tragen. Aber Silver kann nicht ..."

Ungeduldig hebe ich die Hand, um Sam zu unterbrechen. Gerade ist mir etwas durch den Kopf gegangen, das sofort raus muss. „Eventuell hat Silver die leere und unverschlossene Speditionskiste im Morgengrauen entdeckt und sich gedacht: *Das wäre ein guter Platz für eine Leiche, die ich im Kühlhaus verstecke und für deren Entsorgung ich noch nach einer Lösung suche.* Dann hat er Mian Han geholt und dort reingelegt, wo ich ihn am nächsten Morgen gefunden habe. Irgendwo musste er mit der Leiche schließlich hin. Und da ein Loch ausheben Spuren hinterlässt und viel Arbeit bedeutet ..." Ich zwinkere.

Sam rollt mit den Augen und zeigt mir seine Skepsis. „Du schaust zu viele Krimiserien." Ein Schmunzeln folgt.

„Möglich wäre es gewesen", beharre ich auf mein Recht und lege den Stift, den ich lange genug malträtiert habe, aus der Hand. „Es gibt doch garantiert einen Kühlraum im Restaurant. Außerdem haben die Jugendlichen die Speditionskiste bereits am frühen Abend aufgebrochen. Silver hätte die ganze Nacht und sogar den Morgengrauen Zeit gehabt, sich um die Entsorgung der Leiche zu kümmern."

Sam antwortet nicht sofort. Er wirkt für den Moment zwiegespalten. „Ich werde Rick von deinem Verdacht in Kenntnis setzen."

„Ja, bitte mach das." Stolz schwellt meine Brust. „Die Polizei von Beverlie Hills kann sich wirklich glücklich schätzen, dass sie mich hat."

Sam erhebt sich. „Ich muss los." Als würde es ihn plötzlich jucken, fasst er sich ans Ohr und berührt den kleinen funkelnden Stecker. Der Bereich um den Ohrring ist genau wie bei Magnus leicht gerötet.

„Du solltest die Finger davonlassen." Mit strengem Blick deute ich auf den neuen Schmuck. „Zumindest bis die Einstichstelle vollständig abgeheilt ist." Das gerötete Ohrläppchen deutet daraufhin, dass er ständig daran herumfummelt.

Sam wird rot wie mein chinesischer Glücksdrache. „Äh ... Danke."

Was ist das für eine merkwürdige Reaktion? Hat ihn denn noch keiner auf den Schmuck angesprochen? Oder haben ihn alle angesprochen und er bereut seine Tat bereits?

„Die funkelnden Stecker stehen dir übrigens fantastisch.“ Gerne helfe ich ihm seine Scham zu überwinden. „Aber wenn du damit deine sexuelle Orientierung ausdrücken und den Frauen von Beverlie Hills weismachen möchtest, dass du homosexuell bist, dann solltest du nur auf der rechten Seite einen Ohrring tragen.“ Oder war es die linke? Sicher bin ich mir nicht. Bestimmt ist diese schmucke Andeutung in der heutigen *diversen* Zeit sowieso längst überholt.

Sam blickt mich mit Unverständnis an. Er fragt sich höchstwahrscheinlich, warum ich ihm diesen Tipp gebe.

„Magnus hat so was angedeutet“, erkläre ich meinen Ratschlag und versuche, in seiner Miene zu lesen. Leider ist es nicht so einfach.

„Verstehe.“ Sam vergräbt die Hände in den Hosentaschen und weicht meinem Blick aus. „Ich möchte doch nur meine Ruhe haben. Seit ich ...“ Er hält inne und wartet, dass ich ihm aus der Patsche helfe.

„... seit du dich auf der Bühne entblättert hast, kannst du dich vor Angeboten kaum retten“, vollende ich den Satz für ihn.

„Du hast ja keine Ahnung.“ Sam lässt sich zurück auf den Stuhl sinken. Mit einem Seufzen, das von tief unten kommt, stützt er die Ellenbogen auf und vergräbt das Gesicht in den Händen.

Wie ein Häufchen Elend sitzt der Deputy Sheriff vor mir.

Auf einmal quälen mich Gewissensbisse. Irgendwie fühle ich mich verantwortlich. Schließlich ist er damals nur auf der Bühne eingesprungen, weil mein Hauptdarsteller ermordet wurde.

„Ich überlege mir etwas. Versprochen.“

Sam hebt den Kopf und sieht mich an. Hoffnung liegt in jedem seiner schönen und so begehrenswerten Gesichtszüge. „Was?“

„Ich überlege mir etwas und finde eine Lösung für dein Frauenproblem. Du hast mir damals geholfen, jetzt ist es an der Zeit, dass ich dir helfe.“ Ein zuversichtliches Lächeln kommt mir über die Lippen. „Ich bringe das in Ordnung. Die emanzipierte Damenwelt von Beverlie Hills muss an die Leine gelegt werden. Zwar weiß ich noch nicht, wie ich das anstelle, aber mir wird schon etwas Passendes einfallen.“

Sam sieht aus, als würde er am liebsten aufstehen und mir um den Hals fallen. „Danke. Du bist die Beste, Millie.“

„Natürlich bin ich die Beste.“ Beruhigt ihn wieder in gute Stimmung versetzt zu haben, deute ich auf seine Ohrringe. „Nimm sie ruhig raus.“

Der nun wieder glückliche Mann erhebt sich und zeigt mir zwei weiße Zahnreihen. „Ich glaube, ich behalte sie drin.“ Er tippt sich mit dem Zeigefinger an den Stecker. „Irgendwie gefalle ich mir damit.“

14

Auf dem Weg zurück in die Schneiderei stoße ich beinahe mit einem mir unbekannten, älteren Herrn zusammen. Einen Moment bin ich verwirrt, da nur Theatermitarbeiter außerhalb der Aufführungen Zugang zum Bereich hinter der Bühne haben.

In der nächsten Sekunde wird mir klar, wen ich vor mir sehe. Der Mann mit dem beeindruckenden Rauschebart und der Halbglatze muss Ryan sein. Ryan, Magnus' unbezahlter Assistent.

„Kann ich Ihnen helfen?", fragt der rüstige und großgewachsene Senior mich in einem Tonfall, als würde ich mich ungerechtfertigterweise hier aufhalten.

„Sie müssen Ryan sein", antworte ich freundlich und strecke die Hand aus. „Ich bin Millie Hargrove, Bühnenbildnerin und Schneiderin am Beverlie Hills Theater. Herzlich willkommen bei uns."

Erkenntnis blitzt bei meinem Namen in seinem Gesicht auf. „Sie sind die Frau, die immer die Toten findet." Im letzten Moment zieht er seine Hand zurück und schüttelt den Kopf. „Besser wir geben uns nicht die Hand. Ich bin krankhaft misstrauisch, müssen Sie wissen." Er zwinkert, als würde er sich einen Spaß erlauben. „Nachher bin ich der nächste auf Ihrer Liste. Nein, danke. Darauf verzichte ich gerne."

Wo steckt da die Logik? Den Kommentar fasse ich als Beleidigung auf.

Von diesem Unsinn erschüttert lasse ich die verloren in der Luft hängende Hand sinken und beschließe, den misstrauischen Ryan nicht zu mögen. Und dass, obwohl er kostenlos für uns arbeitet.

Der schräge Kauz scheint nicht nur misstrauisch, sondern auch voreingenommen zu sein. Was kann ich dafür, dass die Morde immer im Theater passieren und ich schon zweimal über die Leiche gestolpert bin. Dafür kann mich keiner verantwortlich machen.

„Haben Sie von Magnus eine Aufgabe bekommen? Was machen Sie gerade?" Meine Frage klingt schon deutlich weniger freundlich. Eventuell kann er nachher dabei helfen, den Drachen ins Lager zu schaffen. Bevor das majestätische und glücksbringende Tier seinen Platz im Bühnenbild einnehmen kann, muss ich noch die Ausbesserungen am Kopf vornehmen.

„Ich bin ausgebildeter Souffleur", erklärt Ryan und streicht sich andächtig über den langen Bart, der mich stark an den erinnert, den ich meinem Riesenbaby ankleben möchte. „Ich helfe Magnus *dem Großen* Daytan bei den Proben, die übrigens gleich anfangen." Er sieht auf eine teuer aussehende goldene Uhr, die er am Handgelenk trägt. „Ich sollte los und schnellstens in den Souffleusenkasten krabbeln."

Einen Moment fällt mir keine Antwort ein, so perplex bin ich.

Was redet er denn da? Souffleur ist kein Ausbildungsberuf. Meist wird der Job, den Darstellern bei Texthängern zu helfen, von ehemaligen Schauspielern übernommen. Darin wird keiner ausgebildet. Zumindest ist mir nichts Derartiges geläufig.

Möchte dieser Ryan sich bei uns wichtig machen, oder warum spielt er sich derart auf? In dem Kasten, auf dessen Rückseite jemand vor langer Zeit spaßeshalber mit Kreide *Eingang zur Unterwelt* geschrieben hat, war schon seit Jahren niemand mehr. Heutzutage wird über Funk souffliert. Eine Entwicklung, von dem dieses Urgestein der Theaterbranche nichts zu wissen scheint.

Pech für dich, Ryan. Von mir wirst du ganz sicher nicht eingeweiht.

„Na dann ... viel Spaß beim Vorsagen." Höchstwahrscheinlich muss der alte Mann sich erst mal in Indianer-Jones-Manier durch ein verworrenes Geflecht aus Spinnweben und toten Käfern kämpfen. Und alles nur, um es sich anschließend in der staubigen Enge eines winzigen Kastens für Stunden gemütlich zu machen.

Mein Mitleid hält sich in Grenzen. Wer bin ich, ihm seinen Wunsch abzuschlagen. Soll er tun, was er nicht lassen kann.

„Oh-ja! Spaß werde ich ganz sicher haben", flötet unser neuer ausgebildeter Souffleur und eilt schnellen Schrittes davon. Dabei weht ihm ein wenig seines lockigen weißen Barthaares wie eine toupierte Fönfrisur über die Schulter.

Heilige Theatergötter!

Mit einer dunklen Vorahnung schaue ich ihm hinterher. Was da wohl noch auf mich zukommt?

***

„Wir müssen reden." Mit den Worten empfängt mich Rick am Ende des Tages. Mit dem Gesäß in einer sexy Pose an die Motorhaube gelehnt, wartet er vor dem Theater auf mich. Offensichtlich ist auch er momentan außer Dienst, denn er hat seine Uniform gegen Jeans und eine schwarze Outdoorjacke getauscht.

„Gibt es etwas Neues zum Mord?" Es gefällt mir ungemein, dass nicht nur Sam, sondern auch Rick mich zeitnah über Ermittlungserfolge informieren.

„Es geht nicht um den Fall." Rick stößt sich von seinem SUV ab. „Lass uns ins *Second Row* gehen und etwas trinken." Seine Miene gibt wie so oft nichts preis.

Das *Second Row* ist eine Bar, die gleich neben dem Theater liegt und deren in die Jahre gekommene Einrichtung aus alten zusammengewürfelten Theaterfunden besteht. Das ungewöhnliche Einrichtungskonzept zieht nicht nur Theaterliebhaber in die Bar. Nein, gefühlt trifft sich hier ganz Beverlie Hills nach Feierabend auf ein Bierchen.

Rick sucht uns einen Platz in der hintersten Ecke. Worüber der Sheriff wohl mit mir reden möchte? Ungestört?

„Also ...", fängt er an, sobald er sein Bier und ich meinen halbtrockenen Weißwein habe. „Betsy hat mir heute eine Liste zukommen lassen." Im nächsten Augenblick landet ein Stapel Papier mit unnötig viel Schwung vor mir auf dem Tisch. Verflixt. Beinahe wäre mein Glas umgefallen.

„Was für eine Liste?", frage ich und studiere das oberste Blatt. Der Inhalt ist tabellarisch wie ein Verzeichnis aufgebaut.

„Dies ist eine Auflistung von Leuten, die zu deinem Geburtstag eingeladen werden sollen." Rick brummt und lässt mich seine schlechte Laune spüren.

„Oh." Die hohe Anzahl Blätter sorgt dafür, dass mir schlagartig die Farbe aus dem Gesicht weicht. Mein runder Geburtstag entwickelt sich zu einem größeren Problem, als ich je für möglich gehalten hätte.

„Sag was“, fordert Rick mich auf, weil es mir die Sprache verschlagen hat.

Hastig blättere ich ans Ende der Auflistung. „Dreihundertvierundvierzig?“, frage ich und lasse meinen Mund aufklappen. „So viele Leute möchte Betsy einladen?“ Fassungslos starre ich Rick an.

Beruhig dich Millie, da muss ein Fehler vorliegen. Das kann unmöglich stimmen.

„Nein.“ Rick schüttelt den Kopf und wirkt verzweifelt. „Deine Freundin möchte, dass *ich* diese Leute zu deiner sehr geheimen Überraschungsparty einlade.“ Das *Ich* betont er unnützerweise.

Hecktisch schlucke ich etwas trockene Spucke hinunter und versuche, nicht in Panik zu geraten. Betsy meint es sicher gut, aber ...

„Wer ist Frank Hurry?“, frage ich mit Blick auf das Namensverzeichnis. Betsy hat es tatsächlich alphabetisch sortiert. „Der Name sagt mir rein gar nichts. Warum sollte ich wollen, dass jemand mir völlig Unbekanntes zu meinem Geburtstag kommt?“

Rick trinkt von seinem Bier, bevor er antwortet. „Bedanke dich bei eurer Teilzeitangestellten Pippa Johnson, die Betsy mit umfassenden Informationen aus eurer Datenbank versorgt hat. Anscheinend war jeder dieser Leute schon mal in einer eurer Vorstellungen oder hat online ein Ticket bestellt. Es sind alles Theaterliebhaber.“

„Grundgütiger. Betsy übertreibt es maßlos." Entsetzt von dem, was da scheinbar unaufhaltsam auf mich zurollt, klammere ich mich an den Stiel meines Weinglases. Hoffentlich breche ich ihn nicht durch.

„Da stimme ich dir zu." Erneut setzt Rick die Bierflasche an den Mund und nimmt einen großen Schluck. „Offensichtlich möchte deine Freundin mit der Party gleichzeitig Werbung für das Theater machen. Sie dachte wohl, etwas Engagement in der Angelegenheit würde im Nachhinein Zuspruch bei dir finden."

Hilfe!

Betsy könnte mit ihrer Vermutung nicht weiter danebenliegen. Am liebsten würde ich sofort zum Apothekenschalter stürmen, sie an den Schultern packen und kräftig durchschütteln.

Grundgütiger.

„Wenn die Eventplanerin von Morgen so weitermacht, kündige ich ihr die Freundschaft." Plötzlich unglaublich durstig stürze ich meinen halbtrockenen Blanc de Noir hinunter. Vielleicht hilft der Alkohol mir, klarer zu sehen.

„Sie hat mir die Auflistung gegeben, damit ich die Leute streiche, die es meiner Meinung nach nicht verdienen, eingeladen zu werden", fährt Rick schon deutlich weniger angefressen fort.

Ein Funken Hoffnung keimt auf.

Winkt da ein Schlupfloch?

„Dann würde ich vorschlagen, wir streichen dreihundertzwanzig Leute, oder so." Mein leeres Weinglas in der Hand drehend, halte ich nach dem Kellner Ausschau. Um diese Unterhaltung zu überstehen, brauche ich mehr Alkohol.

Rick seufzt. Leider hört es sich kapitulierend an. „Ich fürchte, darauf lässt die zielorientierte Betsy sich nicht ein. Ihre Anweisung gilt wohl eher den Straftätern, Schmarotzern und Halunken auf der Liste."

Teufel auch!

„Wo in Beverlie Hills soll eine Feier in dieser Größenordnung überhaupt stattfinden?" Viele Orte eignen sich dafür nicht.

Rick lacht, aber es klingt nicht witzig. „Auch das darf ich entscheiden. In der Sache habe ich vollkommen freie Hand. Ist das nicht toll?"

Nachdenklich kneife ich die Augen zusammen und mustere den Mann mir gegenüber. „Wie kommt Betsy überhaupt darauf, dass du als Sheriff dafür verantwortlich bist, Geburtstagsfeiern zu planen?" Der Kellner hat mich endlich gesehen. Mit einer nicht böse gemeinten Zack-zack-Geste deute ich auf mein leeres Glas, was ihn nicken lässt. Endlich. Nachschub ist unterwegs.

„Die gute Betsy denkt, wir haben etwas miteinander. Was mich in ihren Augen zum Ansprechpartner Nummer eins in dieser speziellen Angelegenheit macht."

Interessant.

„Höre ich da einen Vorwurf heraus?" Frech grinse ich Rick an, der nur lachend den Kopf schüttelt. Sofort muss ich an die Szene vor ein paar Tagen am Apothekenschalter denken. Damals habe ich einen Spaß gemacht und meiner Freundin bestätigt, dass Rick und ich was am Laufen haben.

„Vielleicht." Dass Rick nicht weiter darauf eingeht, sondern mich weiterhin lächelnd ansieht, lässt ein warmes Gefühl in mir aufsteigen. Hat er Interesse an mir? Warum lächelt er? Was hat dieses merkwürdig nachdenklich ausgesprochene *Vielleicht* zu bedeuten?

Mir wird ein wenig schwindelig.

Zum Glück kommt der Kellner mit meinem Weißwein, sodass ich einen Schluck trinken und mein Gesicht hinter dem Glas verstecken kann.

„Wir könnten die Party im Theater steigen lassen." Rick spricht, nachdem wir einen Moment gemeinschaftlich geschwiegen haben. „Dort sollte genug Platz für so viele Leute sein."

Etwas zu heftig schüttele ich den Kopf und spüre, dass der Alkohol bereits Wirkung zeigt. „Nein, besser nicht. Du möchtest Betsy doch weismachen, dass es eine Überraschungsparty für mich ist. Niemals könntest du ohne mein Wissen, eine Feier für dreihundertvierundvierzig Gäste im Theatersaal planen, ohne dass ich davon Wind bekomme. Magnus würde deinen schönen Plan schon am ersten Tag verraten. Er kann kein Geheimnis für sich behalten. Betsy würde sofort wissen, dass du mich in alles eingeweiht hast."

„Na toll." Rick leert sein Bier und bestellt gleich ein neues. „Was machen wir dann?"

„Frag mich was Leichteres." Kapitulierend lasse ich mich mit ausgestreckten Beinen nach hinten sinken. „Vor so einem Problem habe ich noch nie gestanden."

15

36 Tage bis zum 30. Geburtstag

Am nächsten Vormittag besucht Rick mich im Theaterbüro, wo ich ein paar Rechnungen überweise. Eigentlich fallen finanzielle Belange in Magnus' Aufgabenbereich, aber der scheint damit beschäftigt zu sein, seinen Praktikanten einzuarbeiten.

Hoffentlich ändert sich das bald. Eine Assistenz, die für mehr Arbeit sorgt, ist auf Dauer wenig hilfreich.

„Kann ich reinkommen?", fragt Rick mich durch die offen stehende Bürotür.

„Klar." Ich reibe mir über die Stirn, um den Schmerz, der hinter meinen Schläfen pocht, zu mindern.

„Kopfschmerzen?", werde ich mit einem Lächeln gefragt, während Rick sich auf den Stuhl setzt, auf dem erst vor zwei Tagen sein Deputy Sheriff gesessen hat.

„Du bist schuld." Verurteilend und wenig höflich deute ich mit dem Finger auf ihn.

„Ich?", fragt Rick ahnungslos und ganz eindeutig ohne die Spur eines Katers. Wieso geht es ihm gut? Er hat gestern Abend nicht weniger getrunken als ich.

„Ja, du." In einer dramatischen Geste reibe ich mir wieder die Stirn. „Nur weil du mir diese blöde Liste zeigen und später feiern wolltest, dass deine Zahnschmerzen nach zwei Bier ganz von allein verschwunden sind, habe ich zu viel Wein getrunken." Angestrengt blinzele ich durch zusammengekniffene Augenlider. „Bist du immer noch schmerzfrei?" Dass Zahnschmerzen durch eine Bierbehandlung wie von Zauberhand von allein verschwinden, ist mir neu.

„Jep. Mir geht es prächtig. Keine Kopfschmerzen und auch keine Zahnschmerzen. Alles im grünen Bereich."

Wie schön für ihn. Wäre da nicht dieses Pochen unter der Schädeldecke, würde ich mit den Augen rollen. Vorwärts und rückwärts.

„Toll – fantastisch." Übereifrig greife ich nach dem Stapel Rechnungen und widme ihnen meine Aufmerksamkeit. Ricks schmerzfreie und überaus glückliche Miene ignoriere ich.

„Ich brauche deine Hilfe."

„Wobei?", frage ich, ohne den Blick zu heben.

„Furio Rizzo."

„Was ist mit ihm?"

„Ich halte den Koch des Mandarin für den Mörder von Mian Han und möchte, dass du mir bei einer Sache behilflich bist", lässt Rick mich an seinem Plan teilhaben.

Furio? Wie lächerlich ist das bitte schön.

Ein entrüstetes Schnauben bricht aus mir heraus. „Ich halte Quentin Silver für den Mörder", kontere ich, als wäre das ein Wettbewerb. Hat Sam ihm denn nichts von meinem Verdacht erzählt?

An Ricks Begründung interessiert, lasse ich die Papiere sinken und warte ab. Wenn er meine Hilfe in dieser Angelegenheit möchte, hat er einiges zu erklären.

„Die Mordwaffe stammt aus Rizzos Küche." Seine Stimme verrät, dass er in den Arbeitsmodus geschaltet hat.

„Was?" Das ist eine Überraschung. Ich setze mich aufrechter. „Silver hat uns doch gesagt, dass in Mian Hans Messerblock ein Hackmesser fehlt." Jetzt bin ich vollends verwirrt.

„Quentin Silver hat sich am nächsten Tag im Sheriffbüro gemeldet und mir erzählt, dass er das gesuchte Messer in der Besteckschublade gefunden hat. Wie es dahin gekommen ist, konnte er sich nicht erklären. Die Mordwaffe gehört jedenfalls Furio Rizzo. Er oder einer seiner Angestellten hat es wohl mit einigen anderen Schneidewerkzeugen in Scott Hills auf dem Handwerkermarkt gekauft. Sam hat gestern die Bestätigung bekommen. Der Schmied benutzt eine unverwechselbare Schleiftechnik für den Schaft. Es gibt keinen Zweifel. Jemand vom Mandarin hat dem Händler die Mordwaffe abgekauft."

Merkwürdig. Das japanische Hackmesser gehörte also nicht Mian Han.

„Waren eigentlich Fingerabdrücke auf diesem nicht zu verwechselnden Griff?" Die neuen Beweise bringen mich aus dem Konzept und stellen meine ach so schöne Theorie infrage.

„Nicht ein einziger." Rick verzieht keine Miene.

„Woher weißt du dann, dass es Rizzos Messer ist?" *Sehr kluge Frage, Millie.* „Jeder könnte auf dem Markt in Scott Hills ein handgeschmiedetes Messer gekauft haben. Sogar Quentin Silver." In der Not greife ich nach jedem Strohhalm.

„Stimmt, aber nicht an jedem gekauften Messer wäre ein Rest von Szechuanpfeffer zu finden." Ricks jetzt zufriedene Miene hat etwas von einem Sieger. „Dieser einzigartige Pfeffer, der für ein taubes prickelndes Gefühl auf der Zunge und eine zitronige Note sorgt, wird ausschließlich im Mandarin verwendet. Der Asia Garden benutzt in der Regel schwarzen Pfeffer. Offensichtlich mochte Mian Han den Geschmack von Szechuan nicht und hat deshalb darauf verzichtet."

Schachmatt!

Na toll! Stehen wir jetzt wieder am Anfang?

„Hm. Ein schlecht gespültes Messer also." Einen Augenblick schweige ich und denke nach, bevor ich spreche. „Wenn Mian Han am Safran gestorben ist, ist das Hackmesser strenggenommen nicht die Mordwaffe." Zugegeben, ich bin gerade etwas kleinkariert, aber die Neuigkeiten kommen überraschend. Diese unerwartete Wendung wirft mich völlig aus der Bahn. „Ich glaube immer noch an Quentin Silver als Täter." Mein siebter Sinn sendet eindeutige Signale in die Richtung. „Unter Umständen gab es mehrere Beteiligte. Silver könnte den Mord begangen haben und Rizzo hat später, als der Tote bereits in meiner Speditionskiste lag, zugestochen."

Aber warum?

Was für ein Durcheinander.

„Wir werden sehen, wohin uns die nächsten Beweise führen." Rick erhebt sich. „Möchtest du mich ins Mandarin begleiten, um diesem Furio Rizzo ein paar Fragen zu stellen? Du könntest auf dein sonst so geliebtes Mikrowellengericht verzichten und stattdessen mit mir essen gehen?" Der Mann vor mir lächelt, wie nur jemand ohne Kopfschmerzen lächeln kann. Wie ungerecht.

***

Im Mandarin ist es um die frühe Mittagszeit noch leer. Nur einige wenige Tische sind besetzt. Es könnte ein Zeichen dafür sein, dass seit gestern der Asia Garden wieder eröffnet hat und die Gäste sich auf die Angebote in der ersten Woche stürzen.

Bo Park scheint sich nicht viel Zeit genommen zu haben, um in Beverlie Hills anzukommen. Hat Silver ihn unter Druck gesetzt? Oder war es sein Wunsch, sich umgehend hinter den Herd zu stellen, kaum dass er diesen unglaublich schicken Kamelhaarmantel abgelegt hat?

Verflixt! Dieser exklusive Mantel geht mir nicht aus dem Kopf. Die Schneiderin in mir würde ihn gerne mal überstreifen. Was er wohl gekostet hat? Sicher ein kleines Vermögen.

„Glaubst du, Bo Park wollte Mian Hans Posten im Asia Garden so überstürzt übernehmen, um Quentin Silver auszuspionieren?", fragt Rick mich, als hätte er meine Gedanken gelesen. Er lässt seinen Blick schweifen und hält nach einem geeigneten Tisch Ausschau. Die Auswahl ist groß, aber sicher möchte er dort sitzen, wo er das Restaurant samt Angestellten im Blick hat. „Unter Umständen bist du nicht die Einzige, die Quentin Silver für den Täter hält." In seiner Stimme liegt eine leise Herausforderung.

„Möglich." Nicht allein mit meiner Theorie dazustehen, würde mir gefallen. „Das Park keine Anteile vom Restaurant erbt, heizt den Unfrieden zwischen den beiden Männern vielleicht noch an." Weil Rick immer noch unentschlossen ist, deute ich auf einen Tisch im hinteren Bereich, an dem ich das letzte Mal mit Furio gesessen habe. „Sollen wir den nehmen?"

Rick nickt und marschiert los. Ein *Please wait to be seated-Schild* gibt es im Mandarin nicht.

Es dauert nicht lang, bis wir von der Kellnerin entdeckt werden. Es ist die gleiche wie bei meinem letzten Besuch. Ob sie sich noch an meine ungerechtfertigte haarige Beschwerde erinnert? Viel freundlicher wird sie in dem Fall sicher nicht auf mich reagieren.

„Ich hätte gerne das *Rindfleisch Szechuan Art*", sagt Rick nachdem er die Karte überflogen hat. „Und dazu ein Wasser."

„Das würde ich auch nehmen, aber mit Huhn statt mit Rind." Ich schlage die Karte zu und setze ein liebenswertes Lächeln auf. „Und eine Cola. Und richten Sie Furio bitte aus, dass seine gute Bekannte Millie Hargrove ihn gerne sprechen würde."

Natürlich ist das der Moment, in dem die Kellnerin mich erkennt. Ihre Miene wird sofort misstrauisch. Zögerlich und mit verbissener Schnute steckt sie ihren Block weg und lässt uns kommentarlos allein.

Wenig überrascht von der Reaktion sehe ich ihr nach. Manchmal braucht es nicht mehr als ein bisschen Körpersprache, um eine Zurechtweisung zu verstehen.

„Wow", sagt Rick beeindruckt. „Was hast du in der Vergangenheit angestellt, um diesen Blick zu verdienen?"

Da ich die verhaltene Reaktion auf meine Wenigkeit überspielen muss, greife ich nach dem Salzstreuer und drehe ihn in der Hand. „Möglicherweise war ich schon mal hier, um nach meinem Glücksdrachen Ausschau zu halten – und Furio ein paar Fragen zu stellen." Von meinem Rumgezappel selbst genervt, stelle ich das Salz zurück an seinen Platz. „Und ganz eventuell habe ich das Personal ein klitzekleines bisschen verärgert, weil ich behauptet habe, in meiner Peking-Suppe wäre ein Haar."

Rick mustert mich einen Moment lang und scheint beeindruckt von meiner Vorgehensweise. „Eventuell bist du doch ein besserer Hilfssheriff, als ich angenommen habe."

Erfreut spitze ich die Ohren. „Ist das ein Kompliment?" Etwas, das stark nach Anerkennung schmeckt, erfüllt mich. „Möchtest du mir vielleicht noch mehr sagen?", fische ich feucht fröhlich im Teich der netten Worte.

„Lass dir mein Lob nicht zu Kopf steigen", drosselt Rick meine Begeisterung.

„Hallo Millie!"

Furio steht an unserem Tisch. Wo ist er auf einmal hergekommen? Hat er sich angeschlichen?

„Hi Furio", antworte ich und tue überaus erfreut. Möglicherweise meine ich es ein wenig zu gut.

„Wie kann ich dir helfen?" Sein Tonfall macht deutlich, dass er kein Interesse daran hat, mir auf irgendeine Art und Weise zu helfen. Sicher vermutet er, dass ich wieder hier bin, um etwas auszukundschaften oder ihn zu verdächtigen.

Bevor ich um den heißen Brei reden kann, mischt Rick sich ein. „Mr Rizzo, wir sind hier wegen dem Mord an Mian Han. Unsere Vermutungen deuten darauf hin, dass das Messer, welches ein maßgeblicher Teil der Ermittlung ist, aus Ihrer Küche stammt."

Treffer versenkt!

Das nenne ich mal direkt auf den Punkt kommen.

Furio wird blass und tut mir fast ein wenig leid. Ist das die Blässe eines Überführten? Oder doch nur die eines Schockierten? Schwer zu sagen.

„Ich habe niemanden umgebracht, das habe ich Millie schon vor Tagen erklärt." Während er spricht, rudert er hilflos mit dem Armen.

Rick ist die Gleichgültigkeit in Person. „Haben Sie oder jemand aus Ihrer Küche eins oder mehrere Messer auf dem Handwerkermarkt in Scott Hills gekauft?"

Furio schüttelt den Kopf, hält aber im nächsten Augenblick inne, als würde ihm plötzlich etwas einfallen. „Ich war weder diese noch letzte Woche in Scott Hills. Aber Sean Miller, der Besitzer des Mandarin, war in der Nachbarstadt und hat auf dem Großmarkt einige Küchenutensilien für das Restaurant eingekauft. Neue Pfannen, Töpfe und auch ein paar Küchenmesser waren darunter. Im Einzelnen kann ich dazu keine Auskunft geben. Da müssen Sie Miller fragen."

„Befinden sich sämtliche Einkäufe hier im Restaurant?", erkundigt sich Rick.

In Furios Gesicht steht Unverständnis.

„Unser Sheriff möchte wissen, ob dir ein japanisches Hackmesser fehlt?", mische ich mich erklärend ein. „Wir fragen uns nämlich, ob du noch alle Messer im Schrank hast? Oder besser ausgedrückt im Messerblock?"

Ganz schlechtes Wortspiel, Millie.

Mein Versuch lustig zu sein, scheitert auf ganzer Linie, das sehe ich in den Mienen der Männer.

In Furios Gesicht zuckt kein noch so kleiner Muskel. Der übergewichtige Koch mit dem Kugelbauch wirkt wie zu Eis erstarrt. Ihm geht eindeutig etwas durch den Sinn.

„Jetzt, wo du es erwähnst ...", antwortet er zögerlich. „Ich glaube, dass Jack, einer der Küchenhilfen sich vorgestern beschwert hat, dass eines der neuen Messer bereits wieder verschwunden ist."

„Interessant." Nun ist es Rick, der nach dem Salzstreuer greift, um ihn in den Händen zu drehen. „Glauben Sie, dieses neue Messer wurde gestohlen? Gab es möglicherweise einen Einbruch, den Sie nicht gemeldet haben?"

Bevor der ehemalige Piratenkapitän antworten kann, klingelt Ricks Handy.

Wortlos hebt er die Hand und stoppt Furios Antwort. „Da muss ich rangehen."

Unbeabsichtigt gibt er dem Befragten Zeit zum Nachdenken und nimmt das Gespräch an. „Was gibt's Wichtiges, Sam?", blafft er ins Telefon, ohne den Koch des Mandarin aus den Augen zu lassen.

Leider verstehe ich kein Wort, obwohl ich mich über den Tisch nach vorne beuge und fast auf Ricks Schoß lande.

Mist!

Im nächsten Augenblick versteinert Ricks Miene wie eben Furios. Er hört genau zu, was Sam berichtet und gibt ein paar sehr undefinierte *Hms* von sich.

Ach menno.

Was hat das zu bedeuten? Was sollen diese merkwürdigen *Hms*? Warum spricht Sam nicht lauter? Das ist unfair.

Furio spitzt ebenfalls die Ohren und scheint genauso neugierig zu sein wie ich. Da haben wir eindeutig etwas gemeinsam.

„Verstanden, ich bin auf dem Weg." Rick macht Anstalten aufzustehen. „Ruf die Spurensicherung und sperr den Asia Garden ab. Keiner darf den Tatort betreten, bis ich da bin. Gib mir fünf Minuten. Momentan bin ich noch im Mandarin."

Ach du Grüne Neune.

Die Worte verheißen nichts Gutes. Geht es um den Mordfall? Ist im Asia Garden eingebrochen worden? Musste Mian Hans Mörder nachträglich ein paar Beweise vernichten? Welches Chaos werden wir wohl vorfinden, falls Sam von da angerufen hat? Er könnte schließlich auch ganz woanders sein.

Hör auf zu mutmaßen, Millie.

Im Spekulieren und mir Gedanken machen, bin ich einsame Spitze.

Kaum hat Rick das Gespräch beendet, sehe ich ihn auffordernd und mit einem flauen Gefühl im Magen an. „Und? Was ist los?" Warum redet er nicht mit mir?

Unbewusst halte ich den Atem an.

Diese Ungewissheit schmeckt mir nicht. Kann unser schweigsamer Sheriff bitte mal den Mund aufmachen und mich erlösen?

„Wir müssen los." Rick hält mir die Hand hin und zieht mich hoch, kaum, dass ich seine Finger umschlossen habe. „Bo Park wurde tot in der Küche des Asia Garden aufgefunden."

16

Wer hat es auf die Köche abgesehen, frage ich mich, während ich Rick im Laufschritt folge. Unsere Essensbestellung, Furio Rizzo und das Messerdrama sind vorerst vergessen.

Kommt Rizzo als Mörder infrage? Oder ist er unschuldig und womöglich der nächste auf der Liste?

Alles der Reihe nach, Millie.

O Gott!

Wie lange der arme Bo wohl schon tot ist? Wäre er nur nicht nach Beverlie Hills gekommen, dann würde er vermutlich noch leben. Jetzt weilen die Verliebten Mian Han und Bo Park nicht mehr unter uns. Was für eine traurige Romance. Die Romantikerin in mir bekommt feuchte Augen.

Bevor Rick merken kann, dass ich einen sentimentalen Anfall habe, wische ich mir über das Gesicht und atme tief durch. Soweit das bei dem Stechschritt überhaupt möglich ist.

Gerade habe ich nichts dagegen, mit Abstand hinter dem Sheriff herzulaufen. Er muss mein überschäumendes Mitgefühl für das tote Pärchen, das sich in unserer Kleinstadt ein neues Leben aufbauen wollte, nicht mitbekommen. Nachher schließt er mich von den Ermittlungen aus, weil ich zu emotional bin. Besser ich halte mich zurück.

Quentin Silver und seine Rolle in dem Mordfall gehen mir durch den Kopf, während wir dem Asia Garden immer näherkommen. Ob er den Toten gefunden hat? Rick hat mir nach dem Telefonat nichts näher erklärt, sondern ist gleich losgestürmt.

Silver könnte Mian Han sowie Bo Park umgebracht haben, erweitere ich meine Theorie spontan und aus dem Bauch heraus, ohne irgendwelche Fakten zu kennen.

Aber warum?

Es wäre unlogisch, immerhin fehlt nun wieder ein Koch und er muss nach nur zwei Tagen den Asia Garden wieder schließen. Lukrativ ist das sicher nicht.

Bye bye, du schöne Theorie.

Ganz unabhängig von der Tatsache, dass die Einwohner von Beverlie Hills zukünftig sicher nicht mehr im Asia Garden speisen werden, wenn sie hören, dass dort ständig die Köche ermordet werden. In einer Kleinstadt wie unserer zählt ein Ruf mehr als anderswo. Den Asia Garden wird nach dem zweiten Mord niemand mehr betreten wollen. Für eine sehr lange Zeit – unter Umständen sogar für immer.

Mit einem neuen Namen und einer umfassenden Renovierung wäre ...

Verflixte Hacke!

Meine abschweifenden Gedanken legen eine Vollbremsung hin, genau wie mein Körper. Beinahe laufe ich in Ricks Rücken und lege mich der Nase nach auf den Boden.

Da hat nicht viel gefehlt. Muss er so abrupt stehen bleiben?

Eine Vorwarnung wäre nett gewesen.

„Wir sind da", sage ich unnötigerweise und von nichts aus der Puste.

Rick wirft mir lediglich einen Blick zu, den ich nicht deuten kann, und steuert schnellen Schrittes auf den Haupteingang des Restaurants zu, an dem ein Polizist mit Hand am Gürtel Posten bezogen hat.

Ohne etwas zu sagen oder einen Blick mit dem Mann zu tauschen, geht er ins Gebäude. Ich bin ihm dicht auf den Fersen, werde aber im nächsten Augenblick von einem ausgestreckten Arm aufgehalten, der wie eine Schranke fungiert.

„Stopp!", sagt der Officer, den ich auf der Polizeistation noch nie gesehen habe.

„Ich gehöre zu Sheriff Moreno."

„Sagt wer?"

Für den Moment fehlen mir die Worte. Wie unhöflich kann ein Gesetzeshüter eigentlich sein. Verdammt ärgerlich. Und natürlich ist Rick längst außer Sichtweite, um eingreifen zu können. Daran, dass er ab jetzt eine Partnerin hat, muss er sich wohl erst noch gewöhnen.

„Ich sage das!" Den Rücken durchgedrückt baue ich meine ganzen ein Meter siebzig vor ihm auf. „Und wenn Sie mir nicht glauben, dürfen Sie gerne jeden Ihrer Kollegen fragen. Offensichtlich sind Sie einer der letzten, die in wichtige Angelegenheiten das Sheriffbüro betreffend eingeweiht werden." Die ungezogene Bemerkung muss einfach sein. Wer so unhöflich ist, verdient nichts Besseres.

„Millie." Plötzlich steht Sam vor mir. „Ich regele das, Tom", sagt er zu dem Officer, den meine Rede offenbar kein bisschen beeindruckt hat. Mit sanftem Druck schiebt Sam mich ein Stück neben das Gebäude.

„Bitte, ich möchte da hineingehen. Rick ist einfach ohne mich vorgeprescht." Meiner Frustration freien Lauf lassend, überkreuze ich die Arme vor der Brust. Möglicherweise wandert sogar meine Unterlippe ein Stückweit vor, so angefressen bin ich.

„Mir sind die Umstände bewusst, Millie. Er hat mich zu dir nach draußen geschickt." Sams Blick verheißt nichts Gutes.

„Na toll, du weißt natürlich Bescheid." Erregt löse ich die Arme und stemme sie in die Hüften. „Was soll der Mist? So sieht in meinen Augen keine erfolgreiche Zusammenarbeit aus."

„Millie! Lass es mich erklären." Sams Miene fällt weiter in sich zusammen. „Rick möchte dich beschützen. Seiner Aussage zufolge, hast du auf dem Weg hier her schon weinen müssen und da hattest du den Toten noch nicht mal gesehen."

Was?

Vor Überraschung fehlen mir die Worte.

Wie konnte Rick das bemerken? Hat der Mann am Hinterkopf Augen? Meine Wenigkeit war doch auf abgeschlagenen Posten weit hinter ihm.

„Ich habe *nicht* geheult", stelle ich die Fakten klar. Das Wort *Nicht* betone ich natürlich wie es sich für eine Verneinung mit Nachdruck gehört. „Möglicherweise war ich sentimental und emotional ergriffen von den Umständen einer verlorenen Liebe. Aber Tränen habe ich nicht vergossen." Da spricht die Theaterseele aus mir. „Feuchte Augen zählen nicht. Ein totes Liebespaar und eine verlorene Leidenschaft erinnern mich immer irgendwie an *Romeo & Julia*." Ich schniefe leise.

„Shakespeares berühmte Liebesgeschichte ist eines meiner Lieblingsstücke, musst du wissen."

Die Erklärung sollte nun wahrlich ausreichen.

Verdammt!

Tut sie aber nicht.

Sam wird keinen Deut nachgeben, das steht ihm dick auf die Stirn geschrieben. Auch nicht für mich.

Was für ein Pech auch.

„Rick hat sich noch kein Bild vom Tatort gemacht und kann dich als Außenstehende nicht einfach neben sich behalten. Ein Tatort bietet meist einen schrecklichen Anblick. Tut mir leid, Millie, diesmal bist du nicht direkt involviert und damit raus. So hart das auch klingen mag." Sam legt mir eine Hand auf die Schulter. „Möchtest du wirklich deinen nächsten blutigen Toten begutachten?" Sam seufzt. „Ist kein schöner Anblick, das kann ich dir versichern."

Einen unangenehmen Moment lang ist es still um uns herum, nur ein paar Vögel zwitschern irgendwo in den Bäumen.

Die Worte haben gesessen.

Sobald die Wirkung einsetzt, verpufft mein Zorn und löst sich in Luft auf.

Verflixt! Warum habe ich nicht zu Ende gedacht? Sich kopflos in eine Situation zu stürzen, ist wieder typisch für mich.

„Na siehst du." Sam scheint froh, dass ich keinen Widerstand leiste oder anfange mit ihm zu diskutieren. Meine bedröppelte Miene ist ihm wohl Erklärung genug. „Warum wartest du nicht dort drüben." Mit ausgestreckter Hand zeigt er auf eine Bank am Straßenrand, die dem Stadtgarten angeschlossen ist. „Ich bringe dir einen schönen englischen Tee nach draußen und informiere dich, sobald es etwas Neues gibt. Du hast mein Wort."

Was bleibt mir anderes übrig?

„Oder sobald ich reinkommen darf", sage ich mit diesem bohrenden Blick, den ich nur in Notfällen verwende. „Dann informierst du mich auch. Ich möchte nicht für ewig auf dem Abstellgleis oder der Abstellbank gepackt werden."

Mein Kommentar entlockt Sam ein Schmunzeln. Das erste, seit er mit mir diskutiert. „Selbstverständlich ... oder dann."

„Gut. In dem Fall setze ich mich für den Moment in die Sonne und warte auf dich und die Dinge, die da kommen."

„Braves Mädchen." Er wirkt zufrieden.

„Sam ...?", frage ich, in dem Augenblick, indem er sich umdrehen und zurück in den Asia Garden gehen will. „Verrätst du mir, wie Park gestorben ist?" Ein natürlicher Tod war es doch sicher nicht.

Der Deputy Sheriff seufzt diesmal tiefer. „Bo Park ist erstochen worden."

17

Zwei Stunden später sitze ich nicht mehr auf der Bank. Nachdem Sam mir den Tee gebracht und mir versichert hat, dass ich nicht vergessen werde, wurde ich … vergessen.

Irgendwann nach etwa einer Stunde war mir das Warten zu blöd, sodass ich zurück ins Theater an meine Arbeit gegangen bin. Ich habe wahrlich zu viel zu tun, um mitten in der Woche einen schönen Herbsttag in der Sonne zu genießen. Der verletzte Glücksdrache liegt schließlich in meiner Werkstatt und wartet auf seinen Bart.

Dafür, dass Rick momentan Wichtigeres zu tun hat, habe ich Verständnis. Er ist immerhin der leitende Sheriff dieser Stadt, in der ein zweiter Mord innerhalb weniger Tage geschehen ist. Aber Sam …

Von meinem Freund habe ich anderes erwartet. Dass er mich in aller Öffentlichkeit versauern lässt, werde ich ihm noch eine Weile nachtragen. Darauf kann er sich gefasst machen.

Gerade als ich die letzten weißen Haare des Drachenoberlippenbartes ankleben möchte, wird die Tür zu meiner Werkstatt aufgerissen und Magnus stürmt herein. Kaum drin, schlägt er die Tür zu und lehnt sich mit dem Rücken dagegen. Sein Atem geht schwer, als wäre er gerannt.

Verdutzt sehe ich ihn an und stelle fest, dass seine Augenlider fest geschlossen sind. Ist er auf der Flucht und schickt gerade ein Stoßgebet zum Himmel? Es scheint fast so. Sogar seine langen ergrauten Haare, die für gewöhnlich zu einem ordentlichen tiefen Pferdeschwanz gebunden sind, wirken unordentlich, als wäre er des Öfteren mit den Händen hindurchgefahren.

Warum hebt und senkt sich sein Brustkorb in kurzen Abständen?

„Was ist los? Hast du eine Panikattacke? Geht es dir nicht gut?", frage ich den Sechzigjährigen, der sich bisher guter Gesundheit erfreut hat und dessen oberster Hemdknopf offen steht.

Der Anblick seines geweiteten Kragens verwirrt mich. Meist trägt Magnus über dem hochgeschlossenen Hemd sogar noch einen seidenen Krawattenschal. Präsenz und Etikette sind dem künstlerischen Leiter sehr wichtig.

„Bitte – sprich leise. Oder besser gar nicht." Er reißt die Augen auf und legt sich den Zeigefinger über die Lippen. Seine Miene ist angespannt und auch ein wenig erschrocken. Sogar die Luft um ihn herum scheint von nervöser Energie aufgeladen zu sein.

„Alles klar", flüstere ich und denke *nichts ist klar*. Was hat das alles zu bedeuten? So merkwürdig hat Magnus sich noch nie verhalten. Und das will schon etwas heißen, denn der Regisseur des Beverlie Hills Theaters ist eine verdammt empfindliche Diva.

Schritte sind auf dem Gang zu hören und verklingen wieder, nachdem die Person an meiner Werkstatt vorbeigelaufen ist.

Der Mann, der immer noch erstarrt an der Wand lehnt, atmet hörbar aus. Sogar die angespannten Schultern, die wie so oft in einem bordeauxroten Samtjackett stecken, sacken voller Erleichterung nach unten.

„Interessante Körpersprache", sage ich in normaler Lautstärke, ohne ihn aus den Augen zu lassen. „Möchtest du mir eventuell etwas mitteilen?"

„Du hast ja keine Vorstellung." Magnus benutzt einen Tonfall, als wäre ich schuld an dem, was er gerade durchmachen muss.

„Dann klär mich auf." Die Ohren gespitzt klebe ich die letzten Haare an. Fertig. Der weiße Zaubererbart steht meinem Riesenbaby ausgezeichnet. Damit wirkt er gleich eine Spur weiser.

„Ryan." Mehr erklärt Magnus nicht.

„Dein neuer Assistent? Was ist mit ihm?" In Erwartung gleich etwas Wichtiges mitgeteilt zu bekommen lege ich den silikonbasierten Kleber weg und wische mir die Hände an einem Lappen ab.

„Er muss weg."

„Bitte?" Es hört sich fast an, als würde Magnus Beverlie Hills' nächsten Mord planen.

„Der alte Kauz ist total selbstverliebt, reißt jede Aufgabe an sich und plant spätestens in der nächsten Spielzeit die Regie für das neue Stück zu übernehmen."

Ach du liebes Gottchen!

Würde Magnus nicht so herzzerreißend aus der Wäsche schauen, würde ich zu lachen anfangen. Heißt es nicht, gleich und gleich gesellt sich gern?

Aus Anstand begnüge ich mich mit einem dezenten Schmunzeln, das hoffentlich nicht schadenfroh rüberkommt.

„Verstehe. Ryan gibt sich nicht damit zufrieden im Souffleurkasten vor sich hinzubrüten und dir zu assistieren?" Unser Praktikant hat ein größeres Ego als der berühmte Magnus Daytan. Das will etwas heißen.

„Nein. Nach der letzten Probe war er von der Leistung der Darsteller so schockiert, dass er den Cast von *Glücksdrachen können nicht fliegen* schnellstmöglich umbesetzen möchte."

Bitte? Ist das ein Witz?

Blankes Entsetzen erfüllt mich.

Plötzlich bin ich hellwach, jede noch so kleine Belustigung ist verschwunden. Das geht entschieden zu weit.

„Wie kommt er darauf?" Mit Schwung werfe ich den Lappen über den Tisch.

„Er ist der Meinung, dass ein ehemaliger Entfesselungskünstler und eine nur mäßig ausgebildete Schneiderin aus Großbritannien nicht genügend Know-how besitzen, um ein Theaterstück von Qualität aufzuführen."

Mir fällt nichts ein, womit sich diese Dreistigkeit überbieten lässt. „Warum hast du ihn nicht direkt gefeuert? Er hat doch keinen Arbeitsvertrag."

Magnus schweigt und weicht meinem Blick aus. „Ryan ist sehr ... wie soll ich es ausdrücken ... dominant."

Echt jetzt?

Spricht da die Angst?

„Heiliges Affentheater! Du bist Magnus *der Große* Daytan, eine ehemalige Bühnenpräsenz, Künstler des Jahres 1999 und Merlin Award Gewinner." Die Auszeichnungen hat Magnus sich damals ausgedacht, um den Mörder von Kirby King hinters Licht zu führen. Jetzt sollen sie ihn an seinen früheren Einfallsreichtum erinnern. „Erlaube einem alten Mann mit Egoproblemen doch nicht, dich zu bevormunden." Betroffen schüttele ich den Kopf. „Das bist nicht du."

Totale Hilflosigkeit schlägt mir entgegen.

„Was soll ich denn tun?" Seine Stimme erzittert.

Der ehemalige Illusionist wirkt machtlos, wie ich ihn noch nie erlebt habe. Nicht nur seine Muskeln, sogar seine Kleidung hat jegliche Spannung verloren.

„Wo ist dein Rückgrat?", bringe ich es auf den Punkt. „Dein Einfallsreichtum im Bereich der Entfesselung ist einzigartig." Muss ich ihn tatsächlich an seine Fähigkeiten erinnern? „Gib Ryan einfach die Gelegenheit, ein wenig Magier-Luft zu schnuppern. Mach es ihm ungemütlich, dann geht er von ganz allein. Das tun sie alle." Ein Schmunzeln zupft an meinen Mundwinkeln. „Bestimmt hat ihn noch keiner darüber informiert, dass man sich besser nicht in Zaubertricks mit dem großen Daytan verwickeln lässt. Fessele den ausgebildeten Souffleur mit deinen Ketten, wie du es bei unserem Sheriff getan hast. Am besten in den *Kasten der Unterwelt*, wo wir vergessen können, dass du jemals einen Assistenten wolltest."

Mit Elan und begeistert von meinem Einfall, schlage ich die Handflächen gegeneinander.

Problem gelöst.

18

35 Tage bis zum 30. Geburtstag

Wie armselig. Nicht mal am Ende des gestrigen Tages hat Sam sich bei mir gemeldet. Rick auch nicht. Verflixte Männer!

Wenn den beiden ihr Leben lieb ist, sollten sie sich heute Morgen besser von mir fernhalten. Ich habe mächtig viel zu tun. Mein Schreibtisch quillt vor unerledigten Arbeiten über, weil ich am Vortag stundenlang mit dem Sheriff unterwegs gewesen bin.

Soll Sam doch in Zukunft allein zusehen, wie er mit den männerhungrigen Frauen von Beverlie Hills zurechtkommt. Auf meine Hilfe darf er von nun an verzichten.

Und Rick ... Meinetwegen muss unser vielbeschäftigter Sheriff keine bombastische und unvergessliche Geburtstagsparty organisieren. Auch er kann mir gestohlen bleiben. Meinen Ehrentag feiere ich sowieso lieber für mich.

Könnte es sein, dass du mehr als ein wenig angefressen bist, liebste Millie?

Es wäre gelogen zu behaupten, dass mich die Art und Weise, wie ich gestern in der Sonne abgestellt und vergessen wurde, nicht verletzt hat. Ein solches Verhalten hätte ich nicht von Rick erwartet und von Sam erst recht nicht. Ihn kenne ich schon länger als unseren

Sheriff. Wir sind seit Jahren befreundet. Außerdem teilen wir uns eine Leidenschaft für englischen Tee. Diese Gemeinsamkeit muss doch etwas zu bedeuten haben. Wie kann mein Seelenverwandter mich derart hängen lassen?

Seufzend und mich über mich selbst ärgernd breche ich ein Stück Schokolade von der Dreihundertgramm-Tafel ab und stecke es mir in den Mund. Sofort besänftigt der Zucker mein angespanntes Gemüt.

Bestimmt geht der Tag heute mit Anlauf den Bach runter. Die Weichen stehen eindeutig auf Drama.

Die Elite des Sheriffbüros hat sich gestern einen denkbar schlechten Zeitpunkt ausgesucht, um mich auf ganzer Linie zu enttäuschen. Sie sollten sich in Acht nehmen. Eine Frau mit PMS ist nicht zu unterschätzen.

Wie ich diese Schokoladenfresssucht in den Tagen vor meiner Periode hasse. Selbst Magnus geht mir in der süßen Zeit, wie er sie nennt, aus dem Weg. Und dass will schon etwas heißen. Der Mann ist schließlich das ganze Jahr über eine Diva.

***

Den ganzen Vormittag über passiert nichts. Die Arbeit auf meinem Schreibtisch wird weniger und die Schokolade ebenso. Auch mit Earl Grey geize ich nicht. Irgendwie muss sich meine Laune schließlich steigern lassen.

Aber weder Rick noch Sam lassen sich mit Informationen, den neuen Mord betreffend, bei mir blicken. Als ob die beiden ahnen, was sie im Theater erwartet. Bestimmt haben sie gemeinschaftlich beschlossen wegzubleiben.

Erst am späten Nachmittag klopft es zaghaft und unentschlossen an meine Bürotür.

„Herein", kommt meine Antwort wie ein Befehl. Meine Laune hat sich trotz Tee und Schokolade in den letzten Stunden keinen Deut gebessert.

Die Tür schwingt auf und Rick taucht auf.

Interessant. Er ist also der erste, der sich in die Höhle der Löwin traut.

„Wieso hast du ein schiefes Gesicht?" Die Frage platzt, ohne nachzudenken und bevor Rick etwas erklären kann, aus mir heraus. Seine linke Wange hängt tiefer und scheint auch ein wenig geschwollen zu sein.

Kleine Sünden bestraft der liebe Gott sofort, Millie.

„Lass mich raten? Deine Zahnschmerzen sind doch nicht von allein verschwunden?" Mich sollte bei dem Anblick keine Genugtuung erfüllen, aber irgendwie tut sie es doch. Sie läuft mir wie ein warmer Regenschauer über den Rücken und schenkt mir Wohlgefallen.

Mach dir keine Gedanken, dran ist nur die PMS schuld. Für gewöhnlich bist du mitfühlend und nicht nachtragend.

Rick nickt als Antwort auf meine Frage und geht auf den Stuhl vor meinem Schreibtisch zu. Er ist in Zivil, trägt eine Jeans und die übliche Outdoorjacke über einem blauen Pullover. Leider sieht er so übel aus wie ein angeschossenes Reh im Wald, das es gleich mehrfach erwischt hat. Offensichtlich kann er nicht sprechen, oder er möchte jedes Wort mit Bedacht wählen, weil er sonst zu sabbern anfängt. Eine betäubte Wange kann zu äußerst peinlichen Situationen führen. Für nichts auf der Welt möchte ich gerade mit ihm tauschen.

Da Rick keine Anstalten macht, mir etwas zu erklären, nehme ich das Ruder in die Hand. Ich konnte immer schon ziemlich gut raten.

„Warst du heute Morgen beim Zahnarzt?"

Zaghaftes Nicken ist die Antwort. Es ist nur eine winzige Bestätigung, die mir entgangen wäre, würde ich seine schiefe Miene nicht genau beobachten.

„Ist der Zahn gezogen worden?"

Rick schüttelt so sachte den Kopf, wie er zuvor genickt hat. „Wuschelbeadlung", kommt es unverständlich zwischen zusammengebissenen Zähnen hervor.

„Verstehe. Du hattest eine Wurzelbehandlung."

Der Mann vor mir seufzt, was mir Antwort genug ist.

„Verdammt. Wie sollen wir uns in deinem Zustand über den gestrigen Mord unterhalten? Oder über die Tatsache, dass du mich bei den Ermittlungen übergangen und außen vorgehalten hast?" Dass der Tag heute beschissen werden würde, wusste ich schon, als ich mit Bauchschmerzen aufgestanden bin.

Rick zuckt mit den Schultern, scheint aber irgendwie froh zu sein, sich nicht rechtfertigen zu müssen. War ja klar.

„Was sagt der Arzt? Wie lange hält die Betäubung noch an?" Mein Argwohn ist deutlich rauszuhören.

Der Schmerzgeplagte hält die Hand hoch und zeigt mir drei Finger.

„Drei Stunden?", empöre ich mich. Das ist verdammt viel zu lang. Meine Geduld wird wieder mal auf die Probe gestellt. „Mistkacke!" Ausgerechnet heute, wo die Hormone in meinem Körper die Führung übernommen haben.

Rick seufzt erneut und fasst sich an die Wange.

Mitgefühl mischt sich unter meine Wut auf sein gestriges Verhalten und den Frust heute nichts mehr über Bo Park zu erfahren. Womöglich ist dieser mitleiderregende Zustand das Beste, was ihm passieren konnte. Es ist unmöglich, lange sauer auf ihn zu sein, wenn er so geplagt aus der Wäsche schaut. Sobald die Betäubung nachlässt und die Schmerzen zurückkommen, wird er sicher nicht weniger leiden. Ich hatte auch schon eine Wurzelbehandlung. Die Erfahrung war keine schöne.

Rick deutet auf Stift und Papier auf meinem Schreibtisch.

„Gute Idee!" Ich gebe ihm beides und warte auf das, was er für mich aufschreiben wird.

Sam ist unterwegs steht wenig später in krakeliger Handschrift auf dem Notizzettel.

Na dann ... In dem Fall kann ich doch noch ein wenig von meiner Wut über die gestrige Geringschätzung meiner Person ablassen. Bei einem Menschen, der nicht schon leidet wie unser Sheriff.

Die Aussicht entspannt mein Gemüt und lässt mich die Schokolade wegpacken. Zumindest das wenige, das noch davon übrig ist.

Es dauert gute zehn Minuten, in den wir uns anschweigen, dann klopft es erneut.

„Komm rein, Sam", rufe ich, weil ich niemanden sonst erwarte. Die Aussicht, in wenigen Augenblicken mehr über den zweiten Mordfall zu erfahren, beschleunigt meinen Herzschlag.

„Hey ..." Der Deputy Sheriff steckt den Kopf zur Tür herein und sondiert die Lage. „Oh – gut. Moreno ist schon da."

Da ich spüre, dass Sam nervös oder zumindest angespannt ist, lehne ich mich zurück und schweige. Ich überlege sogar, in einer provozierenden Geste die Arme vor der Brust zu überkreuzen.

Mal sehen, wie er sich aus der Nummer von gestern herausreden wird. Mich stört gar nicht mehr, dass ich nicht an den Tatort durfte. Dafür habe ich, nach einigen blutigen horrorfilmtauglichen Überlegungen, sogar Verständnis. Aber mich stundenlang auf der Parkbank sitzen zu lassen, ohne Informationen, das ist nicht in Ordnung. Auch wenn ich kein wichtiger Gesetzeshüter bin, ist meine Zeit genauso wertvoll wie die des Sheriffs oder dem seines Deputys.

„Entschuldige." Mit Vorsicht betritt Sam den Raum. Anders als Rick trägt er Uniform. „Wir haben dich gestern vergessen und das war nicht okay von uns." Rick seufzt, sieht mich aber nicht an. „Es war so viel los und dann kam eins zum anderen. Der Tatort ..." Sam schüttelt sich. „Du kannst es dir nicht vorstellen ..." Wieder ein Schütteln. „Sei einfach froh, dass dir der Anblick erspart geblieben ist."

In stiller Kommunikation werden Blicke getauscht, die mir beweisen, dass ich kein unverzichtbarer Bestandteil des Teams bin.

„Ich bin stinksauer auf euch." Um Kompromissbereitschaft zu zeigen, löse ich meine verschränkten Arme.

Die Männer nicken gemeinschaftlich. Rick mit verkniffenem Zug um den Mund.

„Verständlich", sagt Sam, ohne sich von meinem Vorwurf aus der Ruhe bringen zu lassen. „Du hast jedes Recht dazu." Er zieht den Stuhl, der vor Magnus' Schreibtisch steht, neben den von Rick und setzt sich.

„Es war nicht richtig von uns, dich hängen zu lassen. Ich habe dich gebeten zu warten, also hätte ich dich auch nach Hause schicken müssen, als klar war, dass die Spurensicherung länger als üblich brauchen würde."

„Da stimme ich dir zu, dass hättest du." Schön, dass wir uns in dem Punkt einig sind. Einsicht ist ein guter Anfang.

Einen viel zu langen Moment schweigen wir alle.

Wenn ich nur nicht so neugierig wäre ...

Warum war die Spurensicherung länger als üblich vor Ort? Gibt es überhaupt ein *Üblich* bei einem Mordfall?

Verflixt!

„Darf ich dir jetzt erzählen was gestern vorgefallen ist oder soll ich noch warten?", fragt Sam mich und beweist damit, dass er kein Gedankenleser ist. Um mich zu überzeugen, versucht er sich sogar an einem schlecht ausgeführten und albern wirkenden Dackelblick. „Es tut uns wirklich, wirklich leid. Etwas Derartiges wird nie wieder vorkommen. Versprochen." Sam hebt die Hand zum Schwur. „Ehrenwort."

Grundgütiger.

Hochmütig, fast schon herrisch rolle ich mit den Augen. „Bitte Gott, erlöse mich von diesem Elend. Sam, hör bitte auf zu Kreuze zu kriechen, das ist ja nicht zum Aushalten." Ruckartig wedele ich mit der Hand zwischen uns herum, als wollte ich die Luft bereinigen. „Euch beiden sei vergeben. Ihr habt großes Glück, das ich ein zugänglicher Mensch bin, der Verständnis für einen Ausrutscher wie euren hat. Erzählt mir einfach, was gestern passiert ist. Mehr möchte ich gar nicht."

„Aber gern." Sams Mundwinkel bewegt sich. „Zuerst das Wichtigste. Bo Park ist tot." Sofort ist jegliches Zucken in seinem Gesicht verschwunden.

„Das hast du mir gestern bereits erzählt."

„Stimmt. Park wurde mit einem Küchenmesser, einem japanischen Hackmesser erstochen", fährt Sam in sachlichem Tonfall fort. „Beim Eintreffen der Polizei steckte es in seiner Brust und hat mutmaßlich dafür gesorgt, dass er verblutet ist."

Der arme Bo.

„Wie schrecklich." Gut, dass ich mir das Blutbad nicht ansehen musste. Rick hat richtig daran getan, mich vor dem Anblick zu schützen. „Ist es eins der handgefertigten Messer aus Scott Hills?" Die Schlussfolgerung ist naheliegend.

„Ja, es scheint so. Eine Überprüfung steht noch aus. Aber der Griff ist ebenfalls handgearbeitet und ähnelt der Mordwaffe, mit der Mian Han erstochen wurde."

„Was sagen die Lab Rats?"

Sam sieht mich entsetzt an und lacht. „Lab Rats?"

Rick stöhnt, als hätte er augenblicklich besonders starke Schmerzen. Sogar die Augen verdreht er.

„Na, so nennt ihr doch wenig schmeichelhaft die Leute, die im Labor die gesammelten Beweise auswerten", erkläre ich das Unnötige, ohne mich von Ricks schlechtem Schauspiel aus der Ruhe bringen zu lassen.

„Wo hast du den Insider denn aufgeschnappt?" Sam schmunzelt immer noch.

„Keine Ahnung." Nun doch verlegen zucke ich mit den Schultern. „Wahrscheinlich im Fernsehen. Können wir wieder zur Sache kommen?" Ich fühle mich und mein vorlautes Mundwerk bloßgestellt.

„Die Lab Rats, wie du sie betitelst, sagen noch gar nichts. Der Mord ist schließlich erst vor weniger als vierundzwanzig Stunden geschehen. Alle arbeiten mit Hochdruck an den Auswertungen der eingetüteten Beweise. Aber eins kann ich dir bereits verraten." Sam senkt die Stimme. „Es wurde eine geheime Kamera in der Küche des Asia Garden gefunden."

„Echt?" Das verändert die Lage. Was da wohl drauf ist?

„Es war keine professionelle Filmausrüstung zur Überwachung, sondern eine *Nanny Cam*, wie es sie in jedem Elektrofachgeschäft für besorgte Eltern zu kaufen gibt."

19

Sofort überschlagen sich meine Gedanken. Ich weiß gar nicht, was ich zuerst denken soll.

Hat Mian Han die geheime Kamera womöglich schon vor seinem Tod aufgestellt? Da die erste Leiche vor dem Theater gefunden wurde, war die Spurensicherung nie in der Küche des Asia Garden. Ob Bo Park auch eine Überdosis Safran im Blut hatte?

Die *Nanny Cam* könnte auch Bo Parks Werk gewesen sein? Möglicherweise hat er sie am Ankunftstag in der Küche platziert, um Silver in eine Falle zu locken und ihn des Mordes an seinem Verlobten zu überführen.

Wenn dem so war, ist dieser Plan gehörig schiefgegangen.

Gedankenverloren lege ich mir einen Finger ans Kinn und fühle mich sofort beobachtet.

Wieso starrt Sam mich mit diesem herausfordernden Blick an? Wartet er darauf, dass ich bestimmte Schlüsse ziehe und die richtigen Fragen stelle? Ist das hier ein Test? Ein Test für angehende Hilfssheriffs?

Es fühlt sich irgendwie so an.

„Wusste Quentin Silver von der Kamera?", starte ich einen Versuch und lasse die Hand zurück auf den Schreibtisch sinken.

„Wahrscheinlich nicht", antwortet Sam. „Bis wir uns die Aufnahmen angesehen haben, behalten wir die Information für uns." Das letzte äußert er mit einer Aufforderung, die eindeutig an mich gerichtet ist.

„Verstehe. Von mir erfährt niemand etwas. Ich halte ihn sowieso für den Täter. Von da an ..." Den Rest des Satzes lasse ich offen.

„Wir werden alsbald Furio Rizzo und Sean Miller, den Eigentümer des Mandarin, zur Befragung ins Sheriffbüro bestellen."

Echt?

„Was für eine Zeitverschwendung." Der Weg führt nirgendwo hin. „Furio ist nicht der Täter. Da bin ich mir absolut und hundertprozentig sicher."

„Wir werden sehen." Sam tauscht einen Blick mit Rick, der alles und nichts bedeuten kann. „Es muss trotzdem geklärt werden, wie die Messer, die allem Anschein nach Sean Miller für das Mandarin gekauft hat, in die Küche des Asia Garden und somit in die Hand des Mörders gekommen sind."

Absolut.

Da ist was dran.

„Quentin Silver könnte sie gestohlen haben, um den Verdacht auf die Leute aus dem Mandarin zu lenken." In meinen Augen eine der logischsten Schlussfolgerungen überhaupt.

„Die Möglichkeit besteht." Sam seufzt und wirkt unschlüssig. „Mal sehen, welche Erklärung Rizzo und Miller uns liefern."

„Vielleicht wollte Bo Park Quentin Silver den Mord nachweisen und hat deshalb die Kamera aufgestellt. Es könnte doch sein, dass er darauf gehofft hat, ihn in ein

Gespräch zu verwickeln und Silver ein Geständnis zu entlocken. Emotional aufgeladen sind schließlich beide Männer, da kommt schnell eins zum anderen." Meine Idee gefällt mir. „In der eigenen Küche hätte Quentin Silver sich zudem bestimmt sicher gefühlt. Er hätte seine Worte nicht mit Bedacht wählen müssen." Und schon kommt mir ein nächster Gedanke. „Es wäre doch auch möglich, dass Mian und Bo, doch nicht so unschuldig sind, wie wir denken und einen geheimen Komplott geschmiedet haben, um Quentin nach Eröffnung des Restaurants aus dem Weg zu räumen. Es wäre doch möglich, das Mian Han Quentin umbringen wollte, Quentin Wind davon bekommen hat und ihm zuvorgekommen ist."

Millie, du bist genial.

Um diese drei Ecken hat bestimmt noch keiner gedacht.

Sam scheint meine Gedanken im Kopf durchzugehen und auch Rick runzelt die Stirn und wirkt plötzlich in sich gekehrt.

„In dem Fall, dass der Mord an Quentin Silver geglückt wäre, wäre das Restaurant an Mian Han gegangen, der es anschließend mit seinem Verlobten in trauter Zweisamkeit geleitet hätte", führt Sam meine Idee fort. Eine Idee, die nicht nur eine Menge Potenzial hat, sondern auch ein schlüssiges Mordmotiv bietet.

„Gib es zu, so schlecht ist die Theorie nicht", fordere ich ihn mit der stolz geschwellten Brust eines Profilers auf.

Sam ringt mit sich und seufzt kurz drauf. „Da Han und Park tot sind, werden wir keinen der beiden dahingehend befragen können."

„Stimmt leider." Diesmal bin ich es, die seufzt.

„Ich glaube jedenfalls auch, dass Quentin etwas mit den Morden zu tun hat. Aber etwas zu glauben und es beweisen zu können, sind zwei paar Schuhe."

Da hat Sam recht. Wir haben allenfalls Indizien. Einen handfesten Beweis für irgendwas gibt es nicht.

Schöner Mist!

„Und nun?", frage ich und versuche, nicht zu demotiviert zu klingen. Im Fernsehen ist an der Stelle immer alles ganz einfach. Noch ein Hinweis oder ein Ergebnis von der Spurensicherung und dann kann der Haftbefehl ausgestellt werden.

Rick sieht aus, als würde er zu gerne an Sams Stelle antworten. Sein schiefer, gequälter Gesichtsausdruck hat etwas Komisches an sich.

„Kmm morgen ims Shriffbüro", nuschelt er ohne große Mundbewegung und erhebt sich. „Dnn spechen wi."

Sam sieht mich fragend an. Anscheinend möchte er sich vergewissern, dass ich das Kauderwelsch verstanden habe.

„Geht klar", antworte ich. „Gegen neun bin ich da."

***

„Ich hab's getan", ruft Magnus, während er freudestrahlend ins Büro stürmt und die Tür hinter sich zuschlägt. Der dumpfe Knall verleiht seiner Aussage die nötige Untermalung.

Argwöhnisch werfe ich dem Störenfried einen Blick zu.

Rick und Sam sind vor einer halben Stunde gegangen. Seither habe ich nichts anderes getan, als über den

Mordfall nachzudenken. Den ersten und den zweiten. Leider ohne Erfolg.

„Was hast du getan?“, frage ich und bin bereit, mich für den Moment ablenken zu lassen. Unter Umständen braucht mein Gehirn eine Pause. Und da Magnus’ Miene nach zu urteilen, seine neuste Tat mindestens denkwürdig, wenn nicht sogar für künftige Generationen unvergesslich ist, kommt er gerade richtig.

„Na … Ryan, mein Assistent. Ich habe deinen Rat befolgt und ihn in Ketten gelegt.“

Meine Güte.

So wie Magnus das Wort *Ketten* ausspricht, hört es sich an, als wäre er Wärter in einer Folterkammer aus dem Mittelalter. Ein sehr gut gelaunter Wärter.

„Bravo.“ Meine Antwort trieft vor Misstrauen und Sarkasmus. Was werde ich wohl in den nächsten Minuten zu hören bekommen? Die Möglichkeiten sind vielfältig.

„Du hattest recht mit deiner Vermutung. Mein Ruf ist noch nicht zu ihm durchgedrungen. Es war ganz einfach ihn in die Falle zu locken.“ Mit tänzelnden Schritten geht Magnus an seinen Schreibtisch und setzt sich. „Endlich können wir beide wieder in Ruhe arbeiten.“

Hier ist definitiv eine Nachfrage von Nöten.

„Weihst du mich in Einzelheiten ein?“ Die Vorstellung eines hochmütigen Ryan, der in Ketten dingfest gemacht ist, ist ein Bild, das mich definitiv von den aktuellen Mordfällen ablenkt. Allerdings … na … ich weiß auch nicht. Irgendwo in meinem Hinterkopf klingelt ein Alarm, der lauter und lauter wird.

„Mach dir keine Gedanken. Ryan hat es bequem, da wo er liegt“, klärt der ehemalige Entfesselungskünstler mich mit einer beschwichtigenden Geste auf, die mich kein bisschen überzeugt.

Mir schwant nichts Gutes.

„Magnus! Du hast deinen Assistenten nicht gebeten, sich in deinen Zauberer-Sarg zu legen", stelle ich fast schon flehend fest. „Ich meine den polierten Mahagoniholzsarg, mit dem du früher Leute zerteilt hast und den du vor zwei Jahren, bei deinem letzten Experiment, nicht wieder öffnen konntest, weil ... keine Ahnung warum."

Allein die Vorstellung ... der blanke Horror. Ryan könnte einen Schock erleiden und sterben. Er ist schließlich nicht mehr der Jüngste.

„Keine Sorge." Magnus winkt ab und ist die Gelassenheit in Person. „Seit der Kleinstadttourist vor zwei Jahren eine Panikattacke hatte, hat der Sarg über Höhe des Kopfes ein Loch zum Atmen. Ryan kann nichts passieren. Er stirbt nicht."

Zumindest nicht an Sauerstoffmangel.

Unter Umständen hat meine ermunternde Rede Magnus ein wenig übermotiviert.

„Besser ist es. Wir haben schon zwei Tote in Beverlie Hills." Dass ein Mann in Ryans Alter vielleicht an einem stressbedingten Herzinfarkt sterben könnte, kommt Magnus wohl nicht in den Sinn.

Gerade will ich nachfragen, wo der kettenummantelte und mit Schlössern abgesperrte Zauberer-Sarg, indem sich der arme Ryan befindet, steht, da klopft es an die Bürotür. Auf einem Bahnhof ist sicher nicht weniger los.

„Bitte", rufe ich und schaue im nächsten Augenblick nicht schlecht, als Ryan quicklebendig und ohne Herzinfarkt zur Tür hereinmarschiert. Er ist nicht mal außer Atem. Über der Schulter trägt der Vierundachtzigjährige die schweren Eisenketten mit den Vorhängeschlössern am Ende.

Magnus erstarrt und wird leichenblass. Sogar sein Mund klappt unschön auf.

Ach du lieber Gott.

„Kennst du die enthüllende Magier-Serie *Geheime Tricks der Zauberer?*", fragt Ryan Magnus, nicht ohne Ärger in der Stimme. „Ich habe Staffel eins und zwei gesehen." Mit den Worten lässt er die meterlangen Ketten lautstark zu Boden rasseln. „Und ich habe in jeder Folge genau aufgepasst." Die Erklärung ist im Grunde unnötig.

Ungehalten und mit rotem Kopf dreht er sich um und knallt die Tür beim Rausgehen mit einem Tusch zu.

Tatatataaaa!

Magnus hat seinen Meister gefunden.

Unfreiwillig und obwohl ich auf der Seite des ehemaligen Entfesselungskünstlers stehe, muss ich grinsen. Dass ich das noch erleben darf. Ein Träumchen.

20

34 Tage bis zum 30. Geburtstag

Als ich am nächsten Morgen pünktlich um neun Uhr das Sheriffbüro betrete, bin ich gespannt was Rick mit mir besprechen möchte. Hoffentlich gibt es schon erste Ermittlungserfolge der Spurensicherung. Zu viele Fragen sind noch ungeklärt. Auch was Furio und sein Chef bei der Vernehmung ausgeplaudert haben, interessiert mich brennend.

Hoffentlich ist Rick heute gesprächiger.

Sam winkt mich direkt durch, als er mich mit meinem Tee-to-go-Becher in der Hand durch die Eingangstür der Polizeistation kommen sieht. Er ist in ein Gespräch mit einer Frau vertieft, die dem Anschein nach eine Anzeige aufgeben möchte. Offensichtlich ist ihr irgendetwas gestohlen worden.

Rick sieht heute um ein Vielfaches besser aus. Er lächelt sogar, als er mich mit einem ungeduldigen Winken in sein Büro bittet.

„Setz dich, Millie." Seine Stimme klingt zackig wie immer. „Wir haben Einiges zu bereden."

„Du kannst ja wieder ohne Probleme sprechen." Erfreut tue ich wie mir geheißen. Ein Grinsen kann ich mir trotzdem nicht verkneifen. Ricks Wange schimmert im unteren Bereich leicht bläulich. Ein hübsches

Blau, das in wenigen Tagen in ein Senfgelb mit Grünstich übergehen wird.

„Jep. Alles gut." Er bewegt den Kiefer, als müsste er mir beweisen, dass er schmerzfrei ist.

„Schön, dann können wir uns endlich über Bo Park unterhalten." Bevor mein Tee kalt wird, nehme ich einen Schluck.

Rick seufzt und wirkt plötzlich unruhig. Er knetet sogar mit den Fingern. Was hat die Geste zu bedeuten? Möchte er mir etwas sagen, etwas, das mir nicht gefallen wird? Es sieht stark danach aus.

„Alles der Reihe nach", sagt er im Flüsterton und scheint sich selbst mit dem Zuspruch zu meinen.

„Bo Park hatte kein Safran-Extrakt im Blut", beginnt er mich in die ersten Ergebnisse einzuweihen. „Das sagt der vorläufige toxikologische Befund, der vor einer Stunde bei uns eingegangen ist. Der Ermordete ist an einem Stich ins Herz gestorben."

„Verstehe." Demnach ist kein Serienmörder in der Stadt, der sich auf Beseitigungen mit Safran-Extrakt spezialisiert hat.

„Die Mordwaffe stammt vom Handwerkermarkt aus Scott Hills und wurde genau wie die Waffe, die in Mian Hans Brust steckte, von Sean Miller vor fast zwei Wochen dort gekauft", fährt Rick fort.

„Interessant." Da Rick im Redefluss ist, antworte ich in Ein-Wort-Sätzen und warte, was er noch preisgeben wird. Ich habe das unbestimmte Gefühl, dass er in Gedanken eine Liste abarbeitet. Besser ich bringe ihn nicht unnötig durcheinander. So gesprächig mir gegenüber war er noch nie.

„Miller kann sich nicht erklären, wie die neuen Messer aus der Küche des Mandarin verschwinden konnten. Einen Einbruch gab es laut seinen Schilderungen nicht. Aber ...", Rick macht eine nachdenkliche Pause, „... sobald Ware angeliefert wird, steht der Durchgang zur Küche offen. Und offen heißt, die zweiflügelige Stahltür ist für den Zeitraum der Anlieferung festgestellt. Jeder von außerhalb kann einfach reinspazieren."

Wer hätte das gedacht! Das Vertrauen der Kleinstädter ...

Nach den neusten Zugriffen wird das wohl in Zukunft nicht mehr möglich sein.

„Es bestand für den Mörder also die Möglichkeit, sich unbemerkt in die Küche zu schleichen und die Messer zu stehlen?", frage ich und überschlage die Beine. Nachdenklich wippe ich mit dem Fuß. „Natürlich nur, sofern er von der Sicherheitslücke des Mandarin wusste."

„Ja." Ricks Antwort kommt überzeugend. „Zum Zeitpunkt der Anlieferung befindet sich niemals Personal in der Küche. Es hätte sicher etwas Vorbereitung bedurft, den richtigen Moment für einen unbemerkten Besuch abzupassen, aber es wäre möglich gewesen. Anscheinend benötigt der Lebensmittellieferant mindestens zwanzig Minuten, um das Kühlhaus mit frischen Waren zu bestücken. Zwanzig Minuten in denen der Durchgang vom Hinterhof ins Restaurant unbeaufsichtigt ist."

Sehr aufschlussreich. Zumindest der erste Mord scheint somit über einen größeren Zeitraum geplant worden zu sein.

„Stehen Furio oder Sean Miller noch unter Verdacht?“ Die Frage stelle ich mit einem Zögern. Es wäre schön, wenn Rick und ich in der Sache an einem Strang ziehen würden. Dann müsste ich mir keine Arbeit machen, ihn von meiner *richtigen* Meinung zu überzeugen.

„Nein.“ Rick antwortet mit einem Seufzen, als würde er die beiden nur ungern vom Haken lassen. „Ich denke, ... Quentin Silver hat beide Morde begangen“, offenbart Rick mir unverhofft seine Gedanken.

Hocherfreut, sogar ein wenig verwundert, drehe ich den Kopf und spitze die Ohren.

„Warte?“ Kann es sein? „Du bist mit mir einer Meinung?“ Wie schön ist das denn, bitte! Am liebsten würde ich vor Freude und Überraschung applaudieren. Da das mit dem Tee in der Hand nicht geht, begnüge ich mich damit, meine Zähne aufblitzen zu lassen.

„Ja.“ Rick blickt mich an. Mein breites und sehr zufriedenes Grinsen lässt ihn schmunzelnd den Kopf schütteln. Anscheinend steht mir die Befriedigung darüber, recht behalten zu haben, ins Gesicht geschrieben.

„Hat dein Sinneswandel etwas mit der geheimen Kamera zu tun? Sind die Aufnahmen mittlerweile ausgewertet? Was ist darauf zu sehen?“ Augenblicklich bin ich ganz kribbelig. Mittlerweile sollte jemand die Daten gesichtet haben.

„Nichts. Die Kamera hat nichts aufgezeichnet.“ Ricks maßlose Enttäuschung ist unübersehbar. Er wirkt geschlagen.

„Nichts?“ Unmöglich. Wieso sollte Rick dann plötzlich mit mir einer Meinung sein? Woher kommt der Kurswechsel?

„Leider ja. Rein gar nichts. Wir vermuten, dass derjenige, der die Kamera aufgestellt hat, den Verdacht hatte, Quentin Silver wäre Mian Hans Mörder. Deshalb hat er sie in der Küche platziert."

„Aber er wurde umgebracht, bevor die Kamera etwas aufzeichnen konnte?" Enttäuschung keimt auf. „Bevor *Bo Park* etwas aufzeichnen konnte", bringe ich es auf den Punkt. Polizeiarbeit kann frustrierend sein.

Rick stößt einen Laut aus, der so klingt, wie ich mich fühle. „Höchstwahrscheinlich – ja", antwortet er. „Bo Parks Fingerabdrücke befanden sich auf der Kamera."

„Mist." Beweise zu sichern, die nicht im Sande verlaufen, ist in diesem Fall keine leichte Aufgabe. Sehr frustrierend.

Rick räuspert sich umständlich. „Aus dem Grunde möchte ich dich zu einem romantischen Dinner einladen." Als wäre er gerade über seinen Schatten gesprungen, fängt er wieder an, mit den Fingern zu kneten.

Moment!

Stopp!

Habe ich kurz nicht zugehört? Wovon spricht der Sheriff? Von welchem Dinner redet er?

„Bitte was?" Vielleicht habe ich gerade einen Filmriss erlebt. Wie sind wir von einem doppelten Mordfall zu einem romantischen Abendessen gekommen? Wo ist da die Überleitung?

Mein verstörter und sicher auch bestürzter Blick muss Bände sprechen, denn Rick fängt an zu lachen und fasst sich gleich darauf schmerzverzerrt an die Wange, nur um sofort danach einen Fluch auszustoßen.

„Ein Essen, wir beide. Du und ich im Asia Garden." Er macht eine Geste, indem er mit dem Finger erst auf mich und anschließend auf sich zeigt. „Quentin Silver soll für uns frisch Verliebte kochen."

Also doch! Ich habe mich nicht verhört.

Was zum Teufel noch eins habe ich in den letzten Sekunden verpasst?

Bevor ich antworte, hole ich tief Luft, um meinem Gehirn eine extra große Portion Sauerstoff anzubieten. Besser ist das. Nicht, dass mir noch mehr Süßholzgeraspel entgeht.

„Meine Ohren scheinen mir einen Streich zu spielen", sage ich, nachdem ich mich einen Moment gesammelt und die Worte *frisch Verliebte* verdaut habe. Die Äußerung kann Rick nicht ernst meinen. „Müsste ich es nicht wissen, wenn ich frisch verliebt wäre?" Im nächsten Augenblick spüre ich, wie ich ein minibisschen rot werde. Bye-bye Pokerface.

Ich mag Rick und mein Körper reagiert auf ihn. Das lässt sich nicht leugnen.

„Wir spielen das verliebte Pärchen natürlich nur", klärt Rick mich verspätet auf. Er mustert mich interessiert und ich bin mir sicher, dass ihm meine Röte nicht entgangen ist. „Du bist angesehen in der Stadt und ich als Sheriff sowieso. Wir werden Silver erklären, dass er für uns privat kochen soll, um seinen Ruf in der Stadt wiederherzustellen. Kein Gast wird jemals wieder den Asia Garden betreten, wenn vor dem Herd jemand gestorben ist. Wir versprechen ihm eine gute Presse – nach dem eigens für uns ausgerichteten Gänge-Menü." Rick befeuchtet sich die Lippen, bevor er weiterspricht. „Und dabei werden wir ihm auf den Zahn fühlen. Ihn provozieren und wortgewandt, wie wir sind, überführen."

Wie aufschlussreich.

Das hört sich ja mal so was von nicht einfach an.

Einen Moment ist es still im Sheriffbüro, während ich das Gesagte verdaue.

Wo bitte ist Plan B?

„Verstehe." Nachdenklich stelle ich den Tee auf Ricks Schreibtisch ab und fahre mir kurz durch die Haare. „Nein warte, ich verstehe doch nicht. „Ich soll mich von einem potenziellen Mörder bekochen lassen? Einem Killer, der sein Opfer mit Safran-Extrakt vergiftet hat?" Empört schnaube und schüttele ich mich. „Nein, danke. Kein Interesse an einer Portion Safranreis."

Verdammte Zwickmühle!

Sicher wäre es reizvoll, mit Rick essen zu gehen. Unter anderen Umständen und wenn uns jemand anderes bekochen würde, wäre ich so was von bereit auf ein Date mit unserem sexy Sheriff. Aber so ...

„Millie ...", setzt Rick seine Überzeugungsrede an. „Die Spurensicherung hat bisher nichts gefunden. Es gibt keine belastenden Fingerabdrücke, nichts was von Belang ist, um Quentin Silver zu überführen. Ich möchte etwas ... Unkonventionelles versuchen und dafür brauche ich deine Hilfe."

Wo ist das Wort Bitte in dem Satz?

„Was möchtest du versuchen?" Hoffentlich bereue ich die Frage nicht. Meine Neugier ist leider geweckt. Dieser Mann hat es geschafft, dass ich nachfrage.

„Wenn wir mit unserer Vermutung richtig liegen und Quentin Silver die Morde begangen hat, dann besteht die Chance, dass wir ihn beim Essen aus der Reserve locken können. Wir werden Silvers Kochkunst live in der Küche erleben und schaffen es, ihn direkt am Tatort in ein Gespräch zu verwickeln und anschließend zu überführen."

„Wie soll das im Einzelnen ablaufen?" Offensichtlich stehe ich gerade auf dem Schlauch. Noch teile ich Ricks Voraussicht nicht. Keinesfalls ist es so leicht, wie er es darstellt.

„Wir könnten ihm weismachen, dass die sichergestellte *Nanny Cam* etwas Belastendes aufgezeichnet hat."

Holla!

Unser Sheriff hat es faustdick hinter den Ohren. „Verstehe ich das richtig, du möchtest den Verdächtigen anlügen?" Sofort fühle ich mich aufgekratzt und aus meiner Starre erwacht. Gesetzeshüter, die Lügengeschichten erzählen. Wie ungewöhnlich. Diese überaus brisante Information werde ich für Notfälle im Hinterkopf behalten. Einen Trumpf oder besser gesagt ein Druckmittel im Ärmel zu haben, ist nie verkehrt.

„Sagen wir lieber, ich möchte die Tatsachen teilweise verdrehen." Ein Grinsen, das mir ungemein gefällt, weil es etwas Verschlagenes an sich hat, strahlt mir entgegen.

„Und ich soll als dein Background bei der Lügengeschichte fungieren?" Mich beschleicht der Verdacht, dass Rick meinen Schwachpunkt kennt. Immer schon war ich für Unsinn mehr zu begeistern als für die vernünftigen Dinge im Leben. Und eine Komplizin von einem Schwindler zu sein, hat etwas Verlockendes. Ich liebe Gaunergeschichten.

„Ja. Die Ehre wird dir und deiner Theaterseele, in der hoffentlich ein Schauspieltalent steckt, zuteil. Sam ist sich absolut sicher, dass wir glaubhaft ein Liebespaar spielen können.“

Sam ist was?

Empört schnappe ich nach Luft und nehme mir vor, ein ernstes Wort mit dem Deputy Sheriff zu wechseln. Wie kommt er zu einer solch völlig aus der Luft gegriffenen Behauptung?

Frechheit.

„Na, wenn Sam *unser Herzblatt* das meint ...“ Hoffentlich enden wir am Ende des Tages nicht wie Mian Han und Bo Park.

Ich drück uns die Daumen.

21

Zurück im Theater verkrieche ich mich in meiner Werkstatt, um ein wenig dringend benötigte Ruhe zum Nachdenken zu haben.

Ein romantisches Abendessen mit Sheriff Rick Moreno.

Heiliges Testosteron!

Alarmstufe Rot!

Was soll ich anziehen?

Himmel noch eins!

Jede Frau von Beverlie Hills würde mich beneiden, mir vielleicht sogar nach dem Leben trachten, wenn sie davon wüsste. Der leidliche Männermangel in der Stadt nimmt gefühlt jedes Jahr zu. Dementsprechend ungehalten und auch neidisch reagieren die weiblichen Einwohner, sobald sie von Dates mit attraktiven Männern erfahren.

Es wird abzuwarten bleiben, wie schnell die Info sich rumspricht und welche Reaktionen danach auf mich einprasseln werden.

Dabei fällt mir ein, dass ich Sam versprochen habe, ihm mit den Frauen, die es aktuell auf ihn abgesehen haben, zu helfen. Bisher ist mir keine kreative Lösung für dieses Problem in den Sinn gekommen. Außer ... außer, er bedient sich der Holzhammermethode. Sam müsste sein Schauspieltalent erneut ans Tageslicht holen und glaubhaft in die Rolle eines Schwulen schlüpfen. Am besten liefert er eine oscarwürdige Vorstellung ab. Es braucht mehr als ein paar Ohrringe, um die übergriffige Damenwelt mit den verliebten Blicken langfristig zu verschrecken.

Sam könnte den Spieß auch umdrehen und sich einfach eine feste Freundin suchen. Die Möglichkeit besteht natürlich auch.

Wenn das so einfach wäre. Es steht mir nicht zu, über Sams Beziehungsstatus zu urteilen, schließlich bin ich selbst seit Jahren Single.

„Millie, Schluss mit der Grübelei, die Arbeit wartet." Zärtlich tätschele ich dem Glücksdrachen, der lang ausgestreckt die komplette Werkstatt einnimmt, den Kopf. „Heute geht es auf die Bühne, mein Großer. Morgen beginnt die letzte Woche der Vorbereitung und dann ist auch schon Generalprobe." So langsam steigt die Aufregung. Ob *Glücksdrachen können nicht fliegen* beim Publikum genauso gut ankommen wird wie *Mord in rosarot?*

Ich wünsche es mir sehr. Vielleicht war es gar nicht nur schlecht, dass mein Riesenbaby gestohlen wurde. Die Lokalpresse hat darüber berichtet, sogar mehrfach. Gut möglich, dass die Einwohner von Beverlie Hills das schlangenartige geschuppte Wesen mit den großen Augen sehen wollen, das die fünf Jungs in den Wald geschleppt haben. Schließlich sind sie genauso neugierig wie alle Kleinstadtbewohner. Darin folgen wir dem allgemeinen Trend.

„Machen wir dich noch ein wenig zurecht, Bill." Ich zupfe an ein paar Barthaaren, die in die falsche Richtung zeigen.

„Wer ist Bill? Und wieso muss er zurechtgemacht werden?“, kommt eine Frage aus dem angrenzenden Materiallager.

Einen Augenblick halte ich inne und lausche.

„Magnus?“ Erstaunt den Regisseur hier anzutreffen, gehe ich in Richtung meiner persönlichen Schatzkammer und werfe einen Blick in die offen stehende Tür.

„Jep. Bin hier drin. Ich suche etwas.“ Magnus taucht aus den Untiefen des Lagers auf und grinst mich an. „Wer ist Bill? Meinst du damit den Glücksdrachen? Du hast deiner Theaterdekoration einen Namen gegeben, als wäre sie ein Hund.“ Über Magnus’ Kopf ziehen sich ein paar Spinnweben und an seiner Nase klebt Dreck, der in einer breiter werdenden Spur bis zum Ohr führt. Eventuell sollte ich die Putzfrau bitten, dort sauber zu machen.

Oder auch nicht. Meine Schatzkammer, egal wie staubig sie ist, ist mir heilig.

„Der Drache braucht einen Namen, damit er uns für die Premiere Glück bringen kann.“ Angestrengt überlege ich, was Magnus so dringend aus dem über die Jahre angesammelten Bühnenfundus benötigt. Für gewöhnlich fragt der launische Regisseur zuerst mich, bevor er sich an meinen Sachen bedient. Saubere Kleidung und eine gutsitzende Frisur sind ihm schließlich enorm wichtig. Er macht sich unter keinen Umständen die Finger schmutzig. Nicht, wenn er es vermeiden kann.

„Bill ist so gut wie jeder andere Name.“ Mit Interesse beobachte ich Magnus, der sich über den Kopf streicht und die Spinnweben entfernt, die zwischen seinen ergrauten Haaren kaum auffallen. „Der ehemalige Nachbar meiner Eltern hieß Bill und hatte auch einen solch langen Zaubererbart. Unser Riesenbaby erinnert mich irgendwie an den alten Kautz."

Magnus schließt die Tür zum Lager, ohne etwas herausgeholt zu haben. Zumindest sehe ich nichts, seine Hände sind leer.

Gerade will ich den Grund seines Besuches erfragen und nachbohren, da stellt er mir eine Frage, die mich auf dem falschen Fuß erwischt und für den Moment aus dem Konzept bringt.

„Warum sieht der Bart von deinem Bill aus wie der von Ryan?" Magnus geht um den Kopf herum und betrachtet die Drachenbehaarung von allen Seiten. „Fehlen nur noch ein paar vereinzelte Haarbüschel, die Bill aus der Nase wuchern, dann wäre es ein perfektes Abbild von Ryans Vollbart."

Kann es wirklich sein?

Ich lege den Kopf schief und begutachte meine Arbeit unter den neuen Aspekten. „Jetzt, wo du es sagst, fällt mir die Ähnlichkeit auch auf." Sofort fange ich an zu grinsen. „Vielleicht ist das unterbewusst passiert. Ganz sicher sogar." Der Mordfall hat mich wohl abgelenkt. Habe ich mich von Ryans ungewöhnlicher Gesichtsbehaarung beeinflussen lassen? Die Frage lässt sich im Nachhinein nur mit einem eindeutigen *Ja* beantworten.

Magnus kämmt mit seinen Fingern ein paar Strähnen.

„Wenn du den Bart so lässt, könnte es den Anschein erwecken, dass du dich über Ryan und seinen Weihnachtsmannstyle lustig machen möchtest. Er glaubt nämlich, dass du ihn nicht leiden kannst, ihn sogar aus dem Theater ekeln willst."

Gut kombiniert!

„Da liegt der alte Herr mit seiner Vermutung gar nicht so daneben", bestätige ich meine Abneigung und zucke mit den Schultern. Warum soll ich lügen?

„Glaubst du, Ryan wird die Ähnlichkeit genau wie uns auffallen?" Magnus scheint bereits über die möglichen Folgen nachzudenken. In seiner Stimme liegt ein nervöser Unterton.

Ein interessanter Gedanke.

Er gefällt mir – sogar sehr.

Bitte ja!

Umgehend und von neuem Elan gepackt, fange ich an breiter zu grinsen. „Wenn nicht, helfen wir nach. Möglicherweise können wir deinen anstrengenden Assistenten, der mehr Ärger als Sinn macht, auf diese ungewöhnliche Weise loswerden."

Magnus reibt sich die Stirn.

„Du bist also auch der Meinung, dass er überflüssig ist?" Offensichtlich braucht hier jemand meine Bestätigung.

„Aber so was von. Das habe ich dir schon bei unserem letzten Gespräch versichert. Ryan muss weg! Er nervt und ist uns überhaupt keine Hilfe." Mitfühlend lege ich Magnus die Hand auf die Schulter. „Wir beide sind ein gutes Team, obwohl es manchmal hier und da hakt. Auf einen Assistenten können wir verzichten."

Mein warmherzig ausgesprochener Kommentar zaubert ein Tausend-Watt-Lächeln auf die Lippen des ehemaligen Entfesselungskünstlers.

„Du hast bestimmt recht."

„Ganz sicher sogar." Zufrieden gönne ich mir einen Atemzug, der mir umgehend Erleichterung verschafft. „Dann lass mich meine Arbeit erledigen, ich muss unserem Billy-Boy hier noch ein paar Haare aus der Nase wachsen lassen und ihn anschließend auf die Bühne schaffen."

„Wo Ryan ihn finden kann?", fragt Magnus und zwinkert mir zu.

„Genau! Da, wo Ryan ihn finden wird. Je eher desto besser."

22

33 Tage bis zum 30. Geburtstag

Ricks Anruf erreicht mich am nächsten Tag, gleich nachdem ich das Theaterbüro betreten und mir eine Tasse Tee zubereitet habe.

Freitagabend um neunzehn Uhr soll das Projekt: *Wir-überführen-Quentin-Silver-des-zweifachen-Mordes* starten.

Allein der Gedanke, einem durchtriebenen Mann wie Quentin Silver eine Falle zu stellen, lässt mir die Knie schlottern. Vor der Aufgabe habe ich gehörigen Respekt. Was werden wir an dem Abend erfahren? Werden wir überhaupt etwas erfahren? Wieso hat er Mian Han erstochen, wenn er ihn doch schon vorher vergiftet hat?

O Gott!

Hoffentlich ist der neue alleinige Besitzer des Asia Garden so redselig und impulsiv, wie wir vermuten. Wie planen der Sheriff und sein Team wohl die Observierung? Um erfolgreich zu sein, brauchen wir mehr als eine störanfällige und Lichtschwache *Nanny Cam*, die auf eine begrenzte Akkuleistung angewiesen ist.

Mir wird übel und ich bekomme eine Gänsehaut, sobald ich daran denke, wie viel schiefgehen könnte.

Wir sollten außerdem nicht außer Acht lassen, dass die klitzekleine Möglichkeit besteht, dass Quentin Silver unschuldig ist.

Abwarten und Tee trinken, Millie.

Du hast einen Beschützer an deiner Seite.

Meine Gedanken sortierend trinke ich meinen Earl Grey und starre die Decke an, als würde da ein detaillierter Plan für Freitag stehen.

Mein Kleiderproblem hat sich über Nacht natürlich nicht in Luft aufgelöst. Ich habe immer noch nichts zum Anziehen. Wobei? Was zieht eine Frau auf einer geheimen Mission wie dieser überhaupt an? Irgendwas Schwarzes?

Noch nie war ich in etwas so Aufregendes und gleichzeitig Gefährliches involviert. In Actionfilmen tragen die Frauen neben sexy Abendkleidern ein Strumpfband aus schwarzer Spitze, in dem eine handliche und am Oberschenkel bombenfest sitzende Minipistole steckt.

Dummerweise habe ich weder ein Kleid, noch ein Strumpfband, geschweige denn eine Minipistole für den Oberschenkel, die mir nicht schon beim ersten Schritt auf den Boden fallen würde.

Wobei ... eine täuschend echt aussehende Schusswaffe ließe sich im Theaterfundus sicher auftreiben. Auch ein paar passende Platzpatronen sollten von den vergangenen Produktionen noch übrig sein.

Was wohl der in seine Vorschriften verliebte Rick Moreno davon hält, wenn ich bewaffnet auf unserem romantischen Date erscheinen würde?

Sicher nicht sehr viel, beantworte ich mir die Frage selbst.

Muss ich mich für den Abend überhaupt übermäßig herausputzen? Die Einwohner von Beverlie Hills haben mich noch nie anders als praktisch gekleidet gesehen. Sie sind von mir Jeans und T-Shirt oder eine Bluse, kombiniert mit meinem bestens für den Herbst geeigneten und absolut wetterfesten Parka gewohnt.

Sicher würden die Leute sich ihren Teil denken, sobald sie mich und Rick derart aufgebrezelt zusammen sehen würden? Womöglich noch händchenhaltend über die Straße flanierend. Die Auswirkungen in der Klatschpresse wären verheerend. Und der Kleinstadtfunk erst ... Nicht auszudenken, was das für Vermutungen heraufbeschwören könnte.

Verflixt!

Was mache ich nur? Wie löse ich all die Probleme?

Betsy?

Sie wäre die Richtige.

Meine Freundin, die glaubt für mich eine Big Birthday Party organisieren zu müssen, kann mir sicherlich helfen. Mit einem Rat oder sogar einem Abendkleid.

Teufel auch! Ich brauche beides.

Nervös blicke ich auf die Uhr, als hätte ich nur Stunden und nicht drei Tage, alles zu organisieren. Die Zeit sollte wahrlich ausreichen, um mir etwas Angebrachtes zu überlegen – und ein Kleid zu kaufen.

Denk positiv, Millie. Eins nach dem anderen.

Am besten ich starte damit, mir einen Termin beim Frisör zu machen. Die Spitzen wollte ich schon seit langem schneiden lassen. Danach rufe ich Betsy an und später suche ich den Revolver und die Platzpatronen. Beides müsste hinten im Materiallager, in einer abgeschlossenen Kiste, verstaut liegen.

Wer weiß ... vielleicht muss ich dieses romantische Abendessen, das keines ist, als Schauspiel betrachten. Ein Schauspiel, das wie jedes andere eine gewisse Vorbereitung verlangt.

Im Grunde ist dieses Date nichts anderes als Theater. Und das Restaurant ist die Bühne.

Rick ist nicht in mich verliebt und ich nicht in ihn. Wir sind lediglich zwei Menschen, die in eine Rolle schlüpfen und versuchen, einen Mordfall aufzuklären.

Ich sollte ein *Romantisches-Abendessen-Manuskript* schreiben und mein Kleid als Kostüm ansehen, das mit Bedacht ausgewählt werden möchte.

Der Gedanke gefällt mir. Durch das ausgearbeitete Skript könnte ich alle Unsicherheiten abschütteln. Es würde mir sicher auch helfen, an besagtem Abend fokussiert und weniger nervös zu sein.

Je länger ich darüber nachdenke, desto mehr nimmt mein grandioser Plan Gestalt an. Gegen Mittag bin ich soweit, um mich mit Betsy zu beratschlagen und ihr meine umfassenden Notizen zu präsentieren.

Quentin Silver wird am Freitag keine Chance haben. Sollte er der Mörder von Mian Han und Bo Park sein, werden wir es schaffen, ihn zu überführen.

23

30 Tage bis zum 30. Geburtstag

„Hast du Handschellen dabei?", frage ich Rick am Freitag, kaum dass ich ihm die Tür geöffnet und seinen Anblick in mich aufgesogen habe.

Wow!

Der Mann vor mir spielt heute Abend eindeutig die Rolle des sexy Sheriffs. Hoffentlich kann ich meine Blicke unter Kontrolle halten.

Wie schön, dass er ohne das Manuskript zu kennen, mit seinem Kostüm genau ins Schwarze getroffen hat. Verdammt, die Sheriffuniform macht schon einiges her, aber der schwarze Anzug und die Krawatte ... Einfach atemberaubend.

Wie verführerisch sieht unser Sheriff aus?

Noch mal Wow!

Dass er schweigt, meine Frage nicht beantwortet und mich nur mit leicht geöffnetem Mund anstarrt, lässt darauf schließen, dass mein Kleid ihn ebenfalls überzeugt. Mein glamouröser Aufzug und die neue Frisur, auf die Betsy bestanden hat.

Mit *nur Spitzen schneiden* bin ich bei ihr nicht durchgekommen. Betsy war der Meinung, dass ich bereit für ein komplettes Umstyling wäre.

Ihr Tatendrang hat dazu geführt, dass ich jetzt meine Haare als kurz geschnittenen Bob trage, vanilleblonde

Strähnchen und gezupfte Augenbrauen habe. Die Highlights lassen meine Haare glänzen und verleihen ihnen Charakter. Die werde ich mir jetzt öfter machen lassen.

Als Betsy in ihrem Styling-Wahn dazu überging, mir künstliche rote und zentimeterlange Nägel aufkleben zu wollen, habe ich die Reißleine gezogen. Irgendwann ist Schluss. Wie soll ich mit Dingern, die wie Krallen aussehen, später an meiner Nähmaschine arbeiten oder auf der Bühne einen Pinsel schwingen?

Zum Glück hatte meine Freundin ein Einsehen und hat sich damit begnügt, meine kurz geschnittenen Nägel rot zu lackieren. Von dem Farbton mit Signalwirkung wollte sie allerdings nicht abweichen. *Es ist ein Statement, auf das du nicht verzichten kannst*, waren ihre Worte.

Aus dem Grund trage ich jetzt neben roten Fingernägeln ein figurbetonendes, schwarzes eng anliegendes Kleid, das hochgeschlossen ist, aber einen tiefen Rückenausschnitt hat. Der Rückenausschnitt sorgt dafür, dass ich ohne BH zu diesem Polizeieinsatz gehen muss. Eine Tatsache, die Rick wohl gerade bewusst wird. Sein Blick spricht Bände. Schade, dass ich seine Gedanken nicht lesen kann.

Der Mann, dem offenbar die Worte fehlen, leckt sich über die Lippen, schließt den Mund und räuspert sich.

„Äh … nein. Keine Handschellen dabei." Sein Blick wandert an mir runter und wieder rauf. „Du siehst absolut umwerfend aus, Millie."

„Du auch", gebe ich das Kompliment scheu zurück. Wo kommt plötzlich diese Befangenheit her? Wo ist meine Selbstsicherheit hin? Und warum atme ich so komisch?

Rick scheint es nicht anders zu ergehen. An seinem Halsansatz erscheint plötzlich eine leichte Röte, die ich noch nie bei ihm gesehen habe. „Betsy hat mich angerufen und mir befohlen mit nicht weniger als Anzug und Krawatte bei dir aufzutauchen. Sie hat mir sogar damit gedroht, persönlich vorbeizukommen, sollte ich mich weigern.“

Echt?

Meine Freundin ist ein Unikat.

Lachend halte ich meine rot lackierten Nägel hoch, damit Rick sie bewundern kann. „Mich wollte sie zu einer Gel-Maniküre überreden.“ Ich schüttele immer noch lächelnd den Kopf und denke an Betsys Hartnäckigkeit.

Bevor ich die Hand senken kann, greift Rick danach und umschließt sie. Er zieht mich zu sich heran und schaut mir tief in die Augen.

Eine wohlige Gänsehaut läuft mir über den Rücken und löst ein Kribbeln aus.

Ach du liebes Gottchen!

Sofort höre ich auf zu lächeln und halte die Luft an. Was kommt jetzt? Denkt Rick darüber nach, mich zu küssen?

Nein! Auf keinen Fall, Millie.

„Die Frisur steht dir ebenfalls.“ Rick bestätigt meine Gedanken. Er möchte mich nicht küssen, nur meinen neuen Haarschnitt bewundern. „Du solltest deine Haare von jetzt an immer so tragen.“

„Das habe ich vor.“ In meiner Antwort liegt ein leichtes Zögern. Immer noch klinge ich wie ein verschrecktes Reh. Mein Mund ist plötzlich staubtrocken. „Äh … ich habe eine Pistole in meiner Clutch“, platzt es aus mir heraus. Nervosität hat schon immer die unmöglichsten Sachen mit meinem Mundwerk angestellt.

„Bitte was?" Rick wirkt verwirrt und lässt unsere Hände sinken.

Diesmal bin ich es, die sich die Lippen befeuchten muss, um sprechen zu können. „Na ... äh ... eine Pistole. Ich habe mir unseren Revolver aus dem Theater ausgeliehen. Keine Sorge, er ist schon ziemlich alt und nicht echt", beruhige ich Rick, dessen Augenbrauen sich auf grimmige Art zusammenziehen und nichts Gutes verheißen.

„Wir werden von meinem gesamten Team unterstützt, Millie. Unsere Rückendeckung umfasst acht Deputys, die im Notfall eingreifen können. Du brauchst keine Waffe." Ricks Tonfall ist beherrscht. „Erst recht keine unechte."

„Man kann nie wissen." Gelassenheit vortäuschend zucke ich mit den Schultern. Dieses Essen macht mich auf mehr als eine Art nervös.

Rick sieht mich eindringlich an und scheint meine Ängste von meinem Gesicht ablesen zu können. Nach einem langen Seufzen nickt er ergeben. „Gut, dann behalte dein Spielzeug, aber lass sie unter allen Umständen in der Tasche." Er klopft sich auf die Beule an seinen Rippen. „Sollte der unwahrscheinliche Fall eintreffen, dass eine Schusswaffe von Nöten sein wird, bin ich der, der uns verteidigt." Sein Blick wird eindringlich. „Nicht du!"

„Gut zu wissen. Den Job überlasse ich sehr gerne dir." In letzter Sekunde kann ich ein überdrehtes Kichern zurückhalten. Ich bin wirklich mehr durch den Wind, als ich angenommen habe. Unter Umständen hätte ich

Bettys Angebot, mir vorher gemeinsam mit ihr ein wenig Mut anzutrinken, annehmen sollen.

Jetzt ist es zu spät.

Rick lässt meine Hand los und streicht mir über die Wange, um anschließend den Zeigefinger unter mein Kinn zu legen und es anzuheben. „Mach dir keine Sorgen. Es wird alles gut gehen." Er blickt mir erneut in die Augen. Diesmal tiefer. „Du bist bei mir sicher – versprochen. Ich lasse nicht zu, dass Quentin Silver dir etwas antut. Wir wollen nur Informationen von ihm. Sobald wir die haben, übernimmt mein Team die Kontrolle und ich bringe dich raus."

Minimal beruhigt nicke ich und erwidere Ricks Blick. Heute ist sein Duft nach Sandelholz stärker als sonst, die Anziehung größer.

„Wo ist deine Jacke?" Rick lässt die Hand sinken. Er tritt sogar einen Schritt zurück, um mir Raum zu geben. Raum, den ich für einen dringend benötigten Atemzug brauche.

Hat er bemerkt, dass ich an ihm geschnuppert habe? Hoffentlich nicht.

„Äh … Meine Jacke." Ich deute auf den wetterfesten Parka an der Garderobe und stelle fest, dass Betsy mein Outfit nicht bis ins letzte Detail geplant hat.

„Entschuldige", sage ich, während ich in die Ärmel schlüpfe, die er mir mit einem Lächeln hinhält. „Einen Mantel zu dem Kleid besitze ich nicht." Warum habe ich nicht selbst daran gedacht, mir eine Stola oder etwas Ähnliches zu besorgen?

Teufel! Millie, du bist Schneiderin. Du hättest dir sogar auf die Schnelle selbst etwas nähen können.

Rick schüttelt den Kopf und gibt einen leisen Protestlaut von sich.

„Millie, du bist heute Abend so verdammt sexy, daran kann keine gefütterte olivgrüne Jacke etwas ändern. Vertrau mir."

24

„Wie hast du Quentin Silver eigentlich dazu überredet, heute ein privates Dinner für uns zuzubereiten?" Ich lasse mich auf den Beifahrersitz sinken. „Bei dem, was in den letzten Tagen und Wochen im Asia Garden passiert ist, hat er doch sicher andere Sorgen, als den Sheriff der Stadt bei Laune zu halten."

„Im Grunde war es ganz einfach." Rick schließt die Tür und geht um das Auto herum, um auf der Fahrerseite einzusteigen. „Quentin Silver hat einen Bachelor in Culinary Arts. Dieser Abschluss setzt voraus, dass er die Kunst, Essen zu kochen und herzurichten, liebt. Also habe ich angenommen, dass er nicht abgeneigt sein wird, etwas Besonderes für uns zu kreieren. Etwas, dass seine Fähigkeiten als erstklassigen Koch herausfordert." Rick startet den Motor und fährt los.

„War er nicht misstrauisch?" Auch wenn ich Quentin für den Mörder halte, halte ich ihn nicht für dumm. „Immerhin bist du der Sheriff."

Einen Moment herrscht Stille im Auto. Stille, die darauf schließen lässt, dass mein Begleiter sich überlegt, wie er sich am besten ausdrückt.

„Unter Umständen habe ich zu unfairen Mitteln gegriffen." Rick antwortet, ohne den Blick von der Straße zu nehmen.

Die Wortwahl lässt mich aufhorchen. „Zu welchen?"

Mein Chauffeur grinst. „Ich habe ihm damit gedroht, den Asia Garden für die gesamte Dauer der Mordermittlung unter ... wie sage ich es am besten ... ein Öffnungsverbot zu stellen. Keine Gäste und keine zweite Wiedereröffnung für einen unbestimmten Zeitraum."

Schockiert schnappe ich nach Luft. Wie durchtrieben ist das denn! „Für einen unbestimmten Zeitraum", wiederhole ich seine Worte fassungslos. „Das kann Silver sich nicht leisten."

„Nein, kann er nicht", bestätigt Rick. „Und den Imageverlust auch nicht."

„Alle Einwohner von Beverlie Hills, die asiatisches Essen mögen, werden ausschließlich im Mandarin speisen wollen", ziehe ich die nächsten Schlüsse.

„Jep." Rick grinst erneut. „Es sei denn, der Sheriff und die angesehene Millie Hargrove, dinieren so überaus vorzüglich, dass sie der ganzen Stadt davon berichten möchten."

Langsam dämmert es mir. „Verstehe. Wir geben nach dem Abend unsere Empfehlung ab und schreiben eine Restaurantkritik. Guter Schachzug."

„Abwarten." Rick lenkt den Wagen auf den Parkplatz, der vollkommen leer ist. „Zuerst muss uns das Menü überzeugen. Meine Ansprüche sind hoch."

Mein Schnauben kommt automatisch. „Das sagt der Mann, der sich hauptsächlich von Mikrowellengerichten ernährt." Bevor Rick antworten kann, steige ich aus, ohne darauf zu warten, dass er mir die Tür öffnet.

Dem Gesichtsausdruck nach zu urteilen, den er mir zuwirft, nachdem er selbst ausgestiegen ist, war das ein Fehler.

Verflixt, ich bin keine romantischen Dates gewohnt. Keine Ahnung, wann mir zum letzten Mal ein Mann die Autotür geöffnet und beim Aussteigen geholfen hat. Wahrscheinlich ist das noch nie vorgekommen. John, meine verstorbene bessere Hälfte und Mann meines Herzens, hat selten den Kavalier gespielt. Mich zu hofieren war nicht seine Art, mir seine Liebe zu beweisen.

„Okay, wir speisen gemeinsam und vorzüglich", gehe ich den Plan laut durch. „Aber was ist, sollte sich herausstellen, dass Quentin Silver der Täter ist?" Auf einmal steigt neue Nervosität auf. „Wenn er Mian Han umgebracht hat, vielleicht sogar Bo? Was ist dann?" Allein bei dem Gedanken daran, bekomme ich feuchte Hände. Möglicherweise wäre es besser gewesen, mein *Romantisches-Abendessen-Manuskript* mit Rick zu teilen – ihn einzuweihen. Wäre ich mir nicht absolut sicher gewesen, dass er es irrsinnig und zu gefährlich gefunden hätte, hätte ich es gemacht.

Wird schon schiefgehen, Millie.

Rick legt mir einen Arm um die Schultern und geht mit mir Richtung Eingang, der für uns hell erleuchtet strahlt. Von meiner inneren Aufregung scheint er nichts mitzubekommen. Ist wahrscheinlich auch besser so.

„Ich denke …", antwortet Rick auf meine Fragen, „… sollte Quentin Silver unser Mörder sein, braucht der Asia Garden keine Werbung und keine positive Restaurantkritik mehr von uns."

Wo ist eigentlich Ricks Team?, denke ich, während mir der Mann an meiner Seite die Eingangstür aufhält und so cool und gelassen tut wie immer. Sollten Ricks Deputys hier irgendwo auf der Lauer liegen, haben sie sich gut versteckt. Ich entdecke weder einen Wagen, noch getarnte Personen in schwarzer oder unauffälliger Kleidung. Warum bin ich in diesen Teil des Plans nicht eingeweiht?

Millie, reiß dich zusammen und hör auf dich ständig nach allen Seiten umzublicken. Mit deinem Verhalten gefährdest du das ganze Vorhaben.

„Willkommen im Palast der asiatischen Gelüste", begrüßt uns Quentin Silver, kaum dass sich die Tür hinter uns geschlossen hat und wir gefühlt in der Falle sitzen.

Klingt seine Stimme irgendwie verrucht oder bilde ich mir das ein?

Der neue alleinige Besitzer des Asia Garden steht hinter der Bar und mixt Begrüßungscocktails. Er trägt eine schwarze Kochjacke, die mit einer zweireihigen goldenen Knopfleiste bis oben geschlossen ist. Auf dem Kopf sitzt ein Bandana, ebenfalls schwarz.

„Mr Silver." Rick begrüßt unseren Gastgeber mit gespielter Fröhlichkeit und steuert ohne mich loszulassen auf die Bar zu. „Danke für die Einladung."

Das Schauspiel beginnt.

Wie gut, dass alle Anwesenden wissen, dass dies hier keine echte Einladung ist. Da fühlt sich eine Frau, die nur eine Fake-Waffe bei sich trägt, gleich besser.

„Vielen Dank." In meine Rolle versunken, starre ich mit besorgtem Blick auf die Cocktails, die eine orangerote Farbe haben. Bekommen wir in wenigen Augenblicken unsere erste Portion Safran-Extrakt? Oder möchte Silver uns nur aus der Reserve locken und beweisen, dass er das Ruder in der Hand hält?

Kann ich etwas in dieser grellen Farbe überhaupt trinken? Meine Hände würden bestimmt zittern, während ich das Glas zum Mund führe.

Als Rick mir einen der Barhocker zurechtrückt, setze ich mich und rufe mich zur Raison. Tief durchatmen.

„Was kochen Sie heute für uns, Mr Silver?" Interessiert beobachte ich jeden seiner Handgriffe. Vielleicht beruhigt mich das ja. „Rick hat behauptet, Sie würden unser erstes Date zu einem unvergesslich kulinarischen Erlebnis machen." Mein Blick, der hoffentlich verliebt wirkt, wandert an meine rechte Seite, wo Rick Platz genommen hat. Noch etwas zögerlich strecke ich die Hand aus und greife nach seiner, um sie zu drücken.

Ein bisschen Show muss sein.

Langsam finde ich in meine Rolle hinein.

Ich darf nur nicht zu dick auftragen, dann wird es unglaubwürdig.

Silver, der sich seinem Mienenspiel nach zu urteilen durch meine Worte herausgefordert fühlt, stellt je einen Cocktail vor uns ab und nickt. „Lassen Sie sich von meiner Kochkunst überraschen, Miss Hargrove. Sie werden nicht enttäuscht sein." Eine mit Zucker bestäubte Erdbeere, in der ein gelbes Schirmchen steckt, wandert an den Glasrand und wird dort befestigt. „Genießen Sie Ihren *Persischen Safran Champagner*, auch bekannt als *Entflammtes Herz*. Ich bereite in der Zeit die Vorspeise vor." Er trocknet sich die Hände an einem Geschirrtuch ab, das er sich anschließend über die Schulter hängt. „Ich hole Sie zu mir in die Küche, sobald der erste Gang angerichtet ist." Sein Blick verändert sich, wird undurchdringbar. Fast schon herausfordernd. „Auf Wunsch von Sheriff Moreno möchten Sie bei der Zubereitung der weiteren Speisen zusehen."

Den anklagenden Tonfall höre selbst ich heraus. Silver ist nicht begeistert, sich von uns beobachten und auf die Finger schauen zu lassen.

Ein Pluspunkt für uns. Der gerissene Hund muss seine Komfortzone verlassen, wenn wir ihn drankriegen wollen.

„Lassen Sie sich nicht aufhalten. Ich kann den ersten Gang kaum erwarten." Rick grinst und greift nach dem Cocktail, um vorsichtig daran zu nippen.

Vielleicht zu vorsichtig. Seine Scheu und die Spur Angst ist nicht zu übersehen.

Mein Blick wechselt von Rick zu Silver und zurück. Natürlich beobachte ich beide genau.

Der Sheriff ist eindeutig eher der Typ für ein frischgezapftes Bier. Die breite Sektschale mit dem filigranen Stiel wirkt in seiner Hand fehl am Platz. Und der abgespreizte kleine Finger erst.

Was soll das? Als Schauspieler bekommt diese maßlos übertriebene Nummer von mir eine glatte Sechs. Magnus würde ihn bei einem Vorsprechen an dieser Stelle bitten, die Bühne zu verlassen.

Ein langes nervöses Ausatmen entschlüpft mir.

Wie das *Entflammte Herz* wohl schmeckt?

Da Rick keine Miene verzieht und auch nicht spontan tot umfällt, greife ich ebenfalls nach Silvers orangefarbener Kreation mit der roten Spitze.

Wenn Sheriff Moreno in seiner Rolle schwächelt, muss ich es besser machen. Unsere Tarnung darf nicht schon vor dem Essen auffliegen.

„Na dann ... auf den perfekten Abend." In meiner
Stimme liegt große Erwartung. Beide Männer starren
mich an, während ich einen großen Schluck von dem
gesüßten Alkohol nehme, der mir möglicherweise ein
paar interessante Träume verschafft.

25

„Ich weiß genau, was du gerade denkst." Rick stellt das Glas ab. Viel getrunken hat er nicht. Dafür ist sein Grinsen umso herausfordernder.

„Ach ja. Klär mich gerne auf." Genüsslich nehme ich noch einen Schluck. Dieser *Persische Safran Champagner* ist wirklich vorzüglich. Den Alkohol schmeckt man kaum heraus. Etwas so Ausgefallenes habe ich noch nie getrunken. Meist bestelle ich mir einen halbtrockenen Weißwein und bin damit zufrieden.

Rick lacht. „Du denkst darüber nach, wie erotisch deine wilden Sexträume heute Nacht wohl sein werden." Völlig unnötig deutet er mit dem Kinn auf das Glas in meiner Hand.

Vor Schreck hätte ich beinahe den Champagner über den Tresen gespuckt. Bin ich so durchschaubar? Muss ich mein Mienenspiel besser unter Kontrolle halten?

Scheint so.

Zum Glück sind wir allein im Restaurant und Silver ist in der Küche beschäftigt.

Moment! Was hat Rick da gesagt? Nach der Verwunderung kommt die Überraschung.

„Du hast also doch zugehört, als Betsy mir von Abigails Träumen erzählt hat." Und ich hatte gedacht, seine Ohren wären in dem Augenblick auf Durchzug gestellt gewesen und er hätte leise *lalala* vor sich hin gesummt.

So kann eine Frau sich täuschen. Garantiert bekommt Rick seit dem Gespräch die roten Stringtangas nicht mehr aus dem Kopf. Wie oft er darüber wohl schon nachgedacht hat?

In unserem Sheriff steckt eben auch ein Mann ... ein Mann mit Bedürfnissen.

„Bitte träume heute Nacht nicht von *mir* in roten Stringtangas." Rick stöhnt und fasst sich an die Stirn, als hätte er schon jetzt Kopfschmerzen.

Unverschämter Kerl.

„Pass du mal lieber auf, dass du heute Abend keine verschwitzten Sexträume von einer heißen zu allem bereiten Bühnenbildnerin in roter, spitzenbesetzter Reizwäsche hast", sage ich viel zu laut und leere mein Glas in einem Zug. Das Zeug schmeckt zu phänomenal, um auch nur einen Tropfen davon zu verschwenden. Außerdem brauche ich Mut und Kampfgeist, um den Abend zu überleben.

Rick hält inne, ist von jetzt auf gleich erstarrt. Sein Blick ist nicht zu deuten und sein Atem hat für ein paar Sekunden kurz ausgesetzt. Warum bewegt sich sein Adamsapfel so deutlich, als er plötzlich schluckt?

Was habe ich angerichtet?

Millie, das war möglicherweise etwas zu direkt.

Verdammt!

Warum habe ich nur von roter Reizwäsche gesprochen? Hätte ich den Konter, den Rick eindeutig verdient hat, nicht anders formulieren können?

Plötzlich vibriert die Luft zwischen uns, es knistert. Darüber hinaus ist es in meinem Magen augenblicklich ganz warm. Kommt das vom Safran im *Entflammten Herz* oder hat es andere Gründe?

Teufel auch!

Von meinen Gefühlen verwirrt, atme ich tief durch und hoffe, Rick beobachtet mich nicht genauso aufmerksam wie ich ihn. Um abzulenken, pflücke ich die Erdbeere vom Glasrand, entferne das Schirmchen und das Grün und stecke sie mir anschließend in den Mund.

Im Restaurant ist es still. Zu still.

Ich höre meinen Kiefer mahlen und schmecke nichts von dem gesüßten Obst.

Beobachtet Rick mich beim Kauen? Möglicherweise hätte ich die Erdbeere nicht im Ganzen in den Mund stecken sollen. Sie war dafür zu groß. Bestimmt läuft mir schon der Saft am Mundwinkel herunter.

„Ich denke, wir sollten in die Küche gehen." Ricks Stimme klingt tiefer, irgendwie rauchig. Dass er sich räuspert, bevor er aufsteht, bestätigt mir, dass er nicht halb so gelassen ist, wie er tut.

„Äh … ja … genau *das* denke ich auch", erwidere ich, nachdem ich die Erdbeere hinuntergeschluckt und mir etwas Zucker von den Lippen geleckt habe.

Heilige rote Stringtangas!

Wie wird der Abend nur enden?

In dem Moment, wo wir die Küche des Asia Gardens betreten, fühle ich mich, als wäre gerade der Vorhang auf der Bühne hochgezogen worden.

Der erste Akt beginnt.

Quentin Silver scheint nicht glücklich darüber zu sein, dass wir nicht gewartet haben, bis er uns zu sich an seinen Arbeitsplatz holt. Jedenfalls sind seine Augenbrauen zusammengezogen und sein Blick ist alles andere als freundlich.

Rick beachtet Silver und sein wenig gastfreundliches Schweigen nicht, sondern prescht ohne Umschweife und als würde er täglich hier essen vor. Unsere Plätze sind in der hinteren Ecke, abseits von einem mehrflammigen Gasherd, für uns gedeckt. Eine weiße Tischdecke, Kerzen, die bereits angezündet sind, und eine Besteckauswahl, bei der mich das nackte Entsetzen trifft, warten auf uns.

Wo zur Hölle sind die Stäbchen? Essen wir nicht asiatisch? Mit Stäbchen umgehen kann ich, die Vorspeisengabel erkennen … eher nicht.

Der Abend fängt gut an. Schon jetzt spüre ich, wie sich erste Schweißtropfen auf meiner Oberlippe bilden.

Millie, lass Rick zuerst nach der Gabel greifen und nimm dann die gleiche auf deiner Seite des Tisches. Ist doch ganz einfach.

Rick zieht den Stuhl zurück und wartet, bis ich mich gesetzt und meine aufmunternden Worte wiederholt habe. Anschließend nimmt er mir gegenüber Platz. Der Gentleman ist wieder da.

Zum Glück ist das erotische Kribbeln zwischen uns, das uns an der Bar kurzzeitig im Griff hatte, verschwunden. Wir haben beide in den Arbeitsmodus geschaltet, als wir durch die Tür zur Küche gegangen sind. Ich würde ja behaupten *wir sind beide Profis*, aber das trifft nur auf einen von uns zu.

Da Silver weiterhin schweigt, sehe ich mich um. Neben dem Gasherd gibt es noch einen weiteren kleineren sowie ausreichend Platz zum Vorbereiten der Speisen. Alles ist aufgeräumt und wirkt auf die Bedürfnisse einer Restaurantküche abgestimmt.

„Du wackelst mit dem Knie", flüstert Rick mir über
den Tisch zu.

Echt? Mist!

Sofort höre ich mit dem Gezappel auf. „Tschuldige."

Ricks Lächeln ist warm und verständnisvoll. „Über-
lass das Reden mir. Ich weiß, was ich tue." Um mir Sicherheit zu geben und mich vermutlich zu beruhigen,
legt er seine Hand über meine und streichelt mit dem
Daumen meinen Handrücken. Da wir ein romantisches Pärchen spielen, geht das natürlich klar.

Der Vorschlag klingt verlockend. Aber ich habe mein
geniales und rundum vollkommenes Manuskript für
den Abend sicher nicht umsonst geschrieben. Ich
werde mich an den Text halten, auch wenn ich nervös
bin, weil das hier eben doch kein Theaterstück ist. Egal
wie sehr ich es versuche, so zu sehen.

Bevor ich Rick antworten kann, taucht Silver neben
dem Tisch auf und stellt die Vorspeise auf die dafür vor-
gesehenen Platzteller.

Wir ziehen gleichzeitig die Hand weg und brauchen
unsere Befangenheit nicht mal zu spielen.

„Es gibt Weizenteigtaschen mit Seidentofuwürfeln,
Mungbohnensprossen und Edamame, garniert auf einem winzigen Bett aus Jasminreis." Silver tritt zurück,
anscheinend um den Anblick seines Gerichtes, bei dem
die farblich unterschiedlichen Teigtaschen zu einem
Türmchen gestapelt sind, zu genießen. „Bitte, lassen Sie
es sich schmecken und genießen Sie vor allem die feine
Würze des Jasminreises."

Wie soll ich den Hinweis verstehen?

Sofort überprüfe ich, ob der Reis eine orangene Färbung hat. Aber nein, er ist weiß wie Schnee.

Du reagierst über, Millie.

„Danke, die Vorspeise sieht toll aus", sage ich an den Koch gewandt und verspüre bei dem feinen appetitanregenden Geruch einen Hunger, der vorhin noch nicht da gewesen ist. Die Gewürze scheinen perfekt aufeinander abgestimmt zu sein.

Silver scheint mit unserer ersten Reaktion zufrieden und geht wortlos in seinen Arbeitsbereich zurück.

Meine Nervosität verzieht sich für den Moment aufs Abstellgleis und lässt mich mit Wasser im Mund nach der Gabel greifen.

Nachdem auch Rick ein leises Danke in Silvers Richtung gemurmelt hat, fangen wir beide an zu essen. Es schmeckt vorzüglich und vollmundig und kein bisschen vergiftet. So viel besser als ein fades Mikrowellengericht.

Einen Moment lang genießen wir schweigend.

Und nun? Fangen wir endlich mit der Vorstellung an?

Rick konzentriert sich gerade ausschließlich auf seine Teigtaschen. Sie schmecken aber auch erstklassig.

Kochen kann unser Mordverdächtiger Nummer eins auf jeden Fall.

Ich bin vor Rick mit der Vorspeise fertig und beschließe die Szene zu eröffnen und den Dialog zu starten. Schließlich sind wir nicht zum Essen hier.

„Die Teigtaschen waren vorzüglich", lobe ich und wende mich Quentin Silver zu, der an einem Schneidebrett etwas Grünes mir Unbekanntes in hauchdünne Scheiben hackt.

Ist das eines der geschmiedeten Messer vom Handwerkermarkt in Scott Hills? Der Griff, oder das was ich davon erkennen kann, sieht ungewöhnlich aus.

„Danke." Quentins Antwort kommt ohne aufzublicken. Offensichtlich möchte er heute so wenig wie möglich mit uns sprechen. Sein Frust, zu diesem Dinner erpresst worden zu sein, ist daran bestimmt nicht ganz unschuldig.

Um voranzukommen werde ich mich deutlich mehr anstrengen müssen. Eventuell wird es Zeit, alle Beteiligten aufzuwecken und das Krimistück auf Kurs zu bringen.

„Glauben Sie auch, Mr Silver, dass Mian Han und Bo Park hinter Ihrem Rücken ein Komplott geschmiedet haben?", frage ich, die Scheinheiligkeit in Person.

Rick erstarrt mit der Gabel im Mund und auch Quentin hört auf das Messer wie einen verlängerten Teil seines Körpers zu schwingen.

Das hat gesessen!

Alle Augen sind auf mich gerichtet.

Nun gut ... mehr als die volle ungeteilte Aufmerksamkeit hätte ich nach der Frage auch nicht erwartet.

Bravo, Millie. Dein Publikum ist wach.

„Wie bitte?" Quentin legt das Messer neben das Schneidebrett und Rick zieht in Zeitlupe die Gabel aus dem Mund.

„Na, wir denken, dass die Verlobten geplant hatten, Sie zum strategisch richtigen Zeitpunkt umzubringen, damit der Asia Garden an Mian Han fällt und die beiden reich und glücklich bis an ihr Lebensende in Beverlie Hills hätten bleiben können."

Rick schluckt den Bissen hinunter, wirft die Gabel auf den Tisch und funkelt mich böse und fassungslos an. Ihm fehlen sichtlich die Worte.

Super, besser hätte er die Rolle des wütenden Sheriffs nicht spielen können. Nicht mal, wenn er mein *Romantisches-Abendessen-Manuskript* gelesen hätte.

Der Abend läuft spitze.

Und er hat gerade erst begonnen.

26

„Wie kommen Sie zu einer solchen Vermutung, Miss Hargrove?" Quentin Silver stützt seine Hände rechts und links neben das Schneidebrett und beugt sich ein Stückweit und irgendwie bedrohlich vor. Mein Glück, dass der Küchentresen zwischen uns ist.

Umständlich räuspere ich mich und lasse mir Zeit mit der Antwort. Ein wenig Spannungsaufbau kann an dieser Stelle nicht schaden. Hoffentlich vergisst Rick nicht zwischendurch mal einzuatmen. Sein Gesicht ist schon ganz rot.

„Hatten Sie das Gefühl, Ihnen wurde von einem der Beiden zu irgendeinem Zeitpunkt nach dem Leben getrachtet?", antworte ich mit einer Gegenfrage. Ich bin zum jetzigen Zeitpunkt nicht bereit, mich vorführen oder einschüchtern zu lassen. Meine Befragung hat schließlich gerade erst angefangen.

„Nein!"

Mist! Ich muss Silver dazu bewegen, mit mehr als einem Wort zu antworten. Sonst wird das nichts mit unserer Täterüberführung. Der Mann mit dem Messer in der Hand muss zu plaudern anfangen – von sich aus. Wir brauchen ein Geständnis.

„Millie!" Rick grätscht mir dazwischen und funkelt mich über die kurze Distanz hinweg an.

„Was?" In einer zufälligen Bewegung stelle ich meinen Fuß unter dem Tisch auf seinen. Hoffentlich versteht er die Warnung. Und hoffentlich entgeht Silver mein stilles Zeichen. Zu meinem Pech reicht die Tischdecke nicht bis zum Boden. „Ich habe doch recht", fahre ich mit Trotz in der Stimme fort. „Du hast mir selbst von der geheimen Kamera erzählt, die Bo Park in der Küche aufgestellt hat, um Quentin zu beobachten und seinen Mord zu planen." Während ich das sage, gestikuliere ich mit beiden Händen. Dass Bo Park Silver eine Falle stellen wollte, und er unseres Wissens nie einen Mord geplant hat, wird Silver heute nicht erfahren. Auch nicht, dass besagte Kamera nie etwas aufgezeichnet hat und wir keinen noch so kleinen Beweis haben.

Aufgrund von Indizien erhebt keine Staatsanwaltschaft Anklage, das weiß sogar ich. Deshalb darf dieser Abend keinesfalls ohne Erfolg enden.

„Bo hat eine Kamera aufgestellt?" Silver schnappt sich den Köder, den ich ausgeworfen habe. Seine Stimme ist leise, aber nicht ohne Autorität. „Eine geheime? In meiner Küche?" Er wirkt fassungslos und wird im nächsten Augenblick blass.

Ja genau, wahrscheinlich hatte Park einen ähnlichen Plan wie wir. Und dass du gerade blass wirst, lässt vermuten, dass es bereits Beweise gäbe, wäre die Nanny Cam nicht kaputt gewesen.

Schuldbewusstsein und Angst sind die Emotionen, die sich auf Quentin Silvers Gesicht abwechseln.

Endlich kommen wir der Sache näher.

Bitte Rick, stell jetzt nichts Dummes an.

„Ja ... es gab in Ihrer Küche eine Miniüberwachungskamera." Meine Worte stehen im Raum und wirken in die plötzliche Stille hinein. „Leider konnte Rick die Aufnahmen bisher nicht auswerten. Einer der verbauten Chips scheint einen Defekt zu haben. Das Team aus Scott Hills, das in solchen problematischen Fällen zum Einsatz kommt, wird erst morgen da sein." Keine Ahnung, ob es ein solches Team überhaupt gibt.

Sehe ich Erleichterung in Silvers Augen aufblitzen?

Rick tippt mit dem Zeigefinger in einem schnellen Rhythmus auf den Tisch.

Kein gutes Zeichen. Gerade als ich denke, er macht all meine Vorarbeit kaputt und sagt etwas Unpassendes, da steigt er in die Szene ein.

„Wir rechnen damit, dass sich auf der Kamera belastendes Material befindet. Allem Anschein nach wurde etwas aufgezeichnet. Wir wissen noch nicht genau was uns an Bildmaterial erwartet, aber wir sind gespannt." Auf seinem Gesicht erscheint ein herausforderndes Grinsen, das Magnus gefallen hätte, wäre das hier ein echtes Krimistück und er würde die Regie führen.

Gratulation, Rick! So sieht wahre Teamarbeit aus.

Einen besseren Rückhalt hätte ich mir nicht wünschen können.

Silver schüttelt den Kopf, als müsste er seine Gedanken klarbekommen und die Angst loswerden.

„Warum sollte Bo Park den Mord an mir aufzeichnen wollen? Ein solches Verhalten ergibt doch keinen Sinn. Er würde Beweise schaffen, die ihn belasten, sollten diese Aufnahmen jemals in falsche Hände geraten." Quentin greift nach dem Messer und fängt wieder an zu hacken. Diesmal noch schneller als zuvor. Vollständig unter Kontrolle hat er seine Gefühle nicht.

„Für Sie mag es unsinnig erscheinen", antwortet Rick, ganz der gelassene Sheriff mit Erfahrung. „Aber ich habe in meiner Karriere bei der Polizei schon einiges erlebt." Geschäftig richtet er die Gabel, die er eben auf den Tisch geworfen hat, neben dem anderen Besteck aus. „Mr Park hat um seinen Verlobten getrauert und vielleicht gemutmaßt, dass Sie Mian Han umgebracht haben könnten. Die Vermutung ist naheliegend, da Sie der alleinige Erbe des Asia Garden sind. Könnte doch sein, dass es sein Wunsch war, sich den Mord an dem Mörder seines Verlobten wieder und wieder anzusehen. Quasi, um innere Genugtuung in seiner Tat zu finden."

Eine Gänsehaut läuft mir den Rücken hinunter. Was für eine grausige Vorstellung, über die ich nicht länger nachdenken möchte. Ob es Straftäter gibt, die so was machen?

„Manche Menschen haben sonderbare Vorlieben", ergänze ich Ricks Ausführungen und tue so, als wäre Psychologie mein Fachgebiet.

Silver denkt, den Falten auf seiner Stirn nach zu urteilen, angestrengt nach. Er hackt immer schneller und greift als nächstes nach einer Möhre, die wenig später nur noch ein gestiftelter Haufen ist. Beeindruckende Fingerfertigkeit. Und so schnell.

Aber sonst ... Schweigen schlägt mir entgegen.

„Was wird das Spezialteam bei der Auswertung zu Gesicht bekommen?", stelle ich die Frage aller Fragen und danke Bo Park im Stillen, dass er uns mit dem Aufstellen der geheimen Kamera erst auf die Idee zu dieser Hinterlist gebracht hat. Wenn Silver uns heute Abend in die Falle tappt, ist es total egal, dass sich nichts Verwertbares unter den Aufnahmen befindet.

Eine weitere Möhre wandert unter das Messer. Es ist die letzte neben dem Schneidebrett. Silvers Miene verändert sich, wirkt plötzlich wütend. Es scheint, als denkt er schneller und schneller.

Glückwunsch, Millie! Da fühlt sich wohl jemand in die Ecke gedrängt.

Jetzt müssen wir zuschlagen. Der Punkt ist gekommen.

„Haben Sie Mian Han umgebracht?", fragt Rick, bevor ich es tun kann und zieht seinen Fuß unter meinem weg. „Hat Mr Park das vermutet und Ihnen eine Falle gestellt?"

Bravo! Der Erfolg rückt näher.

Quentin Silver reagiert nicht. Er hackt immer weiter, hält sogar die Luft an. Sein Kopf wird dabei hochrot. Vor Wut oder Konzentration lässt sich nicht sagen. Wahrscheinlich beides.

Irgendwas geht in ihm vor. Gleich ... gleich wird er reagieren. Etwas muss passieren. Nichts anderes ist denkbar.

Wie unberechenbar sind Mörder eigentlich?

„Hat Mr Park Sie herausgefordert?", fragt Rick. „Sie mit Ihrer Tat konfrontiert, sodass es für Sie nur eine Möglichkeit gab ... nämlich auch ihn umzubringen?"

Da ist er. Der Tropfen, der das Fass zum Überlaufen bringt.

In Erwartung einer Reaktion halte ich die Luft an und reiße in der nächsten Sekunde die Augen auf ...

Nein!

Auf keinen Fall!

Das kann nicht ...

Silvers Messer, das gerade noch eine Möhre vernichtet hat, fliegt zu uns an den Tisch und ... landet neben meinem Handrücken.

Grundgütiger. Was für eine Reaktionszeit.

Wie pfeilschnell kann dieser Mann ein Messer werfen?

Verdammt ... tut das weh.

Ich spüre den Schmerz, sehe das Blut auf der weißen Tischdecke und stelle mit Erschrecken fest, dass das Wurfgeschoss doch nicht neben meinem Handrücken gelandet ist. Es hat mich getroffen.

27

Die Klinge hat meine Handaußenseite verletzt. Es ist nur eine kleine Wunde, alle Finger sind noch dran ... aber trotzdem. Da ist ein etwa zwei Zentimeter langer Schnitt an der Handkante –

und er tut weh.

Das rot glänzende Blut auf meiner Haut lässt mich in Schockstarre verfallen, sodass ich kaum mitbekomme, wie Rick mich vom Stuhl zieht und außerhalb von Quentins Reichweite schubst. Unsanft lande ich unweit vom Tisch auf den Boden und muss nun auch noch ein schmerzhaftes Hinterteil beklagen.

Verdammt, Rick!

Wenn Bo den planenden Killer gespielt hat, dann ist Quentin Silver eindeutig ein impulsiver. Diese Haltung könnte ein Vorteil sein, sind wir doch auf impulsive Kurzschlusshandlungen und Geständnisse angewiesen.

Schwer zu sagen, ob das Messer mich in der Brust hätte treffen sollen. Möglicherweise war sogar Rick das Ziel und nicht ich.

Silver kann Gemüse hacken, aber – zu meinem Glück – nicht gut werfen.

„JA HAT ER!", brüllt Silver im nächsten Moment Rick an. Er atmet schwer und ballt die Fäuste an den Seiten. „Bo hat gemeint, er könnte mich reizen – mich provozieren, der Wicht. Er wollte beweisen, dass *ich* seinen

Freund umgebracht habe. Nur deshalb hat er sich aufgedrängt, die Küche im Restaurant zu übernehmen. Mir zu helfen oder sich einen Job zu sichern stand nie im Vordergrund."

Gesprächsbereit ist unser Mordverdächtiger jedenfalls.

„Und? Haben Sie Mian Han umgebracht?", stellt Rick die Frage aller Fragen. Seit er mich aus der Messerwurfbahn gestoßen hat, atmet er genauso unregelmäßig wie Silver. Nur die Hände ballt er nicht. Unser Sheriff scheint eher bereit zu sein, sich auf mich zu werfen, sollte das in den nächsten Sekunden von Nöten sein.

Auf meinem schmerzenden Hinterteil sitzend und ohne mich einen Millimeter zu bewegen, warte ich ab. Rick braucht ein Geständnis. Silver muss auf die Frage antworten, sonst waren der Abend und all unsere Mühe umsonst.

Aber Quentin Silver antwortet nicht.

Unser mutmaßlicher Mörder wirkt unkonzentriert und wütend, aber scheint sich und seinen Jähzorn vorerst unter Kontrolle gebracht zu haben.

Zur Hölle!

Rede endlich!

Rick scheint die gleichen Schlüsse zu ziehen wie ich, weswegen er weiterhin alles dransetzt, Silver aus der Reserve zu locken. „Haben Sie Mian Han das Safran-Extrakt untergeschoben?" Er stellt die Frage, deren Beantwortung uns ebenfalls zum Ziel führen könnte. „Womöglich in kleinen Dosen, die sich über einen längeren Zeitraum verteilt gesteigert und zum Tode geführt haben?"

Guter Ansatz. Ich bin beeindruckt.

Die Luft anhaltend lasse ich keinen der Männer aus den Augen. Auf jede Kleinigkeit achtend blicke ich von einem zum anderen. In der Restaurantküche ist es mucksmäuschenstill.

Da ...!

Eine Reaktion.

Silver kann ein spöttisches Schmunzeln nicht mehr zurückhalten.

„Mian Han hat auf das Edelgewürz große Stücke gehalten und es ständig verwendet." Silver lockert die geballten Hände und holt einmal tief Luft. „Zu oft, wie ich finde."

Was soll das?

Das ist keine Antwort auf die Frage.

„Und da haben Sie sich gedacht, Sie bringen Ihn mit seinem Lieblingsgewürz um?", fragt Rick und wirft mir einen kurzen Seitenblick zu. Er möchte sich wohl vergewissern, dass ich in den letzten Augenblicken, in denen ich geschwiegen habe, nicht verblutet bin. Seine Sorge ist unbegründet. Es geht mir gut.

Silvers Miene verrutscht und offenbart für einen Moment seine Gefühle. Hass und Verachtung stehen ganz oben.

Er ist Mian Hans Mörder. Ganz sicher. Darauf würde ich die antike Nähmaschine meiner Oma wetten.

„Mian wollte unsere Geschäftsbeziehung aufkündigen, mir meine Anteile am Restaurant abkaufen, kaum dass wir in Beverlie Hills eröffnet hatten. Auf einmal wollte er den Asia Garden allein für sich und Bo. Ich war ihm plötzlich gleichgültig. All meine Arbeit, die ich in das Geschäft gesteckt habe, war ohne Bedeutung. Der Idiot war bis über beide Ohren verliebt und konnte nicht mehr klar denken. Sein Verlobter wäre ein besserer Teamspieler als ich, hat er mir vorgeworfen." Silver schüttelt den Kopf. Die Fassungslosigkeit ist ihm anzusehen. Sein alter Studienfreund hat ihn auf ganzer Linie enttäuscht. „Mian wollte mir meine Anteile für eine lächerlich geringe Summe abkaufen." Wieder ein Kopfschütteln. „Wie konnte er nur annehmen, dass ich mich darauf einlassen würde? Nachdem ich mein ganzes Herzblut in das Projekt gesteckt habe."

Völlig gefühllos bin ich nicht, weswegen Mitgefühl in mir aufsteigt. Die Situation hat etwas Tragisches.

„Wo hatten Sie diese Menge Safran-Extrakt her?", fragt Rick, ohne Gefühlschaos und Mitgefühl. Er hat sich besser im Griff als ich.

„Ich bestelle online." Die Antwort kommt emotionslos.

Mir entgeht nicht, dass unser Mörder noch nicht gestanden hat. Nicht mit Worten. Ein verschlagenes Lächeln, das alles sagt, reicht nicht aus.

Rick nickt und scheint sich die nächste Frage genau zu überlegen. „Mir ist noch nicht ganz klar, warum Sie Mian Han erstochen haben, obwohl Sie ihn längst vergiftet hatten."

Silver schweigt, schiebt aber mit der Hand das geschnittene Gemüse auf dem Schneidebrett zusammen.

„War es Rachsucht? War Ihr Ärger so groß, dass Sie zustoßen mussten?" Rick macht mit rechts eine eindeutige Geste, um seine Worte zu unterstreichen.

„JA ... verdammt! Ich brauchte Genugtuung! Der Kerl wollte einfach nicht sterben, egal wie viel Safran ich ihm untergeschoben habe. An dem Morgen, an dem ich das Gefühl hatte, gleich würde er endlich an der letzten

Dosis krepieren, habe ich nicht lange gefackelt und meinem Problem ein schnelles Ende bereitet. Ein für alle Mal."

Da ist es, das Geständnis, auf das wir gehofft haben. Rick hat die Ziellinie überquert. Der Mörder ist gestellt. Am liebsten würde ich aufspringen und Rick Beifall klatschen. Mein Verdacht war von Anfang an der richtige.

Und Silver ... ?

Ich riskiere einen Blick.

Mian Hans Mörder wirkt, als wäre ihm eine schwere Last von den Schultern genommen worden. Geschlagen mit vorgebeugtem Körper steht er da und starrt auf sein gehacktes Gemüse, das mal unser Abendessen hatte werden sollen.

Eigentlich schade, dass aus dem Hauptgang jetzt nichts mehr wird. Die Vorspeise war köstlich und hat auf etwas Großartiges im Anschluss hoffen lassen.

„Wie sind Sie an die Mordwaffe gekommen?", fragt Rick. Von Freude über das Geständnis ist auf seinem Gesicht nichts zu erkennen. Er wirkt hochkonzentriert, was in dieser, noch nicht entschärften Situation, sicher richtig ist. „Stammt sie aus der Küche des Mandarin?"

„Ja. Bei meinem zweiten Besuch habe ich gleich mehrere dieser hochwertigen Exemplare mitgehen lassen."

„Ihrem Besuch?" Rick nähert sich langsam dem Tresen hinter dem Silver steht.

„Kurz nach unserer Eröffnung war ich im Mandarin speisen." Silver hebt den Blick. „Die Konkurrenz abchecken und mich dem Besitzer vorstellen. Zu Anfang war ich nicht auf Krieg aus und wollte dem Mandarin auch keine Gäste abspenstig machen. Mian war ein verliebter Idiot aber ein ausgezeichneter Koch. Unser Essen wäre immer um Klassen besser gewesen, als die schlechtabgeschmeckten Gerichte des Mandarin."

„Ich rate mal." Rick seufzt. „Sean Miller war nicht begeistert davon, ein zweites asiatisches Restaurant in Beverlie Hills zu haben."

Quentin Silver schnaubt, als wäre das die Untertreibung schlechthin. „Er war nicht nur nicht begeistert, er hat mir sogar prophezeit, dass wir in vier Wochen bankrott wären. Und sollte das nicht von allein geschehen, würde er nachhelfen, hat er mir versprochen." Silver teilt das Gemüse und macht einen extra Haufen für die gestiftelten Möhren. „Der Halbgescheite hatte doch keine Ahnung."

„Verstehe ... und zur Strafe für die Äußerung haben Sie ihm ein paar seiner besten Messer gestohlen. Um ihm sein schlechtes Benehmen zu vergelten."

Silver scheint jetzt alles egal zu sein, er redet munter weiter. „Diese Küchenmesser sind ausgezeichnete Handarbeit. Qualität wie die gibt es nicht an jeder Ecke zu kaufen. Als ich in der erstklassigen Profiküche des Mandarin stand, die Miller mir nach unserem Gespräch unbedingt hatte zeigen müssen, sind sie mir direkt aufgefallen." Er zuckt mit den Schultern. „Am nächsten Tag habe ich sie mir geholt. Es war ganz einfach. Die Sicherheitsvorkehrungen in Kleinstädten sind ein Witz. Hier vertraut jeder jedem. Ich fand, es wäre die gerechte Strafe für seine Anmaßung mir zu sagen, dass wir bald pleite gehen würden."

„Verstehe."

Moment. Ich noch nicht.

„Wieso haben Sie die Leiche in meine Speditionskiste gelegt?", frage ich vom Boden aus und setze mich aufrechter. Mit der einen Hand umschließe ich die blutende Wunde der anderen. Mittlerweile hat das stetige Tropfen aufgehört.

„Ich wollte verhindern, dass die Leiche in meiner Küche gefunden wird. Dass ich ins Fadenkreuz gerate. Der Asia Garden wäre ein Tatort gewesen, wäre von der Spurensicherung untersucht und womöglich für einen längeren Zeitraum versiegelt worden. Den Ärger wollte ich vermeiden."

Etwas Ähnliches hat Rick ihm vor diesem Abendessen angedroht.

„Und da kam Ihnen meine Kiste wie gerufen?" Zorn brodelt in mir hoch. Erst haben fünf halbstarke Teenager die Kiste gelehrt und am Morgen hat Silver sie wieder mit einer Leiche gefüllt. Keiner der Übeltäter hat dabei zu irgendeinem Zeitpunkt an mich gedacht. An das dumme Huhn, dass sich mit den Folgen rumschlagen muss. Besten Dank auch.

„Ihre Kiste war mir zuvor aufgefallen, außerdem war sie leer und groß genug für einen Menschen." Silver gibt sich gelassen und schiebt wieder Gemüse, diesmal das Grüne, hin und her. „Ich bin nicht der Typ für Spaten und körperliche Arbeit, müssen Sie wissen, Miss Hargrove. Außerdem habe ich mir keine Illusionen gemacht, dass die Leiche irgendwann gefunden wird." Er seufzt leidgeplagt. „Eine Kleinstadt hat auch Nachteile."

Für Mörder vielleicht.

„Ich verhafte Sie wegen Mordes an Mian Han", sagt Rick plötzlich und zieht ein paar Handschellen hervor, die er wohl im Hosenbund gehabt hat und mir nicht aufgefallen sind.

„Stopp“, grätsche ich dazwischen, bevor Rick zur Tat schreitet. „Was ist mit Bo Park?“

„Was soll mit ihm sein?“ Silver stößt einen genervten Laut aus. „Der lästige Kerl ist ständig um mich herumgeschwänzelt und hat mich mit Fragen gelöchert und provoziert. Ich hatte keine Wahl. Sein Tod ließ sich nicht vermeiden. Es gab keine andere Möglichkeit."

„Warum haben Sie seine Leiche nicht auch beiseitegeschafft, wie zuvor Mian Hans?“ Vielleicht bin ich detailversessen, aber manche Dinge interessieren mich einfach. „Wieso haben Sie sich bei dem zweiten Mord so wenig Mühe gegeben?“

Silver lacht, aber es klingt nicht lustig. „Glauben Sie mir, gerne hätte ich für den toten Bo einen Platz weit weg von Beverlie Hills und meinem Restaurant gefunden, wo ihn bestenfalls niemand findet. Leider wurde ich von den Handwerkern der Gebäudefirma, die sich um ein paar undichte Fenster kümmern sollten, gestört, sodass ich keine Möglichkeit hatte die Leiche unbemerkt und binnen kurzem wegzuschaffen.

So ein Pech aber auch. Das Schicksal kann fürwahr erbarmungslos sein.“

Rick tritt an Quentin Silver heran. „Ich verhafte Sie wegen Mordes an Mian Han und Bo Park.“

Der gestellte und geständige Mörder hört sich seine Rechte an und leistet keinen Widerstand, während Rick die Handschellen um seine Handgelenke legt und mit einem Klicken schließt.

„Mian Han war kein Heiliger müssen Sie wissen“, sagt Silver als Ricks Belehrung geendet hat. „Ich habe ihn umgebracht, bevor er mich umbringen konnte. Davon bin ich überzeugt."

„Wir werden es nicht mehr erfahren." Rick tippt sich ans Ohr. „Ihr könnt reinkommen", weist er sein Team an.

„Sie haben alles aufgezeichnet was ich gesagt habe?" Silver wirkt wenig überrascht.

„Selbstverständlich. Wir mussten schließlich auf Nummer sicher gehen. Sie dürfen gerne ein Geständnis ablegen oder ... eben nicht. Ist mir gleich. Wir haben was wir brauchen auf Band."

28

„Verdammt, Millie!" Rick steht neben mir und hilft mir auf. Sam hat Silver übernommen und abgeführt. „Wie schlimm bist du verletzt? Müssen wir dich zum Arzt bringen?" Er tastet meinen Arm völlig unnötig ab.

Zum Arzt bringen?

Wovon redet er?

„Nein. Mir geht es gut. Ein großes Pflaster reicht vollkommen aus." Zum Beweis hebe ich meine Hand, die sofort wieder zu bluten anfängt. „Mist! Ich dachte, das hätte aufgehört."

„Die Wunde muss genäht werden", sagt Rick mit merkwürdig dünner und emotionsgeladener Stimme, bevor er ein sauberes Tuch auf den Schnitt drückt. Wo hat er das so plötzlich her? Hat ein Sheriff für Notfälle immer saubere Tücher in der Tasche? Und seit wann kann er eine ärztliche Diagnose stellen?

„Verdammt! Das ist dein Einstecktuch", empöre ich mich, als klar wird, wo er die improvisierte Wundpresse hergezaubert hat. „Die Blutflecken werden bestimmt nicht mehr rausgehen."

„Ist mir so was von total kack egal", blafft Rick mich an und fasst mich sanft am Oberarm, um mich zu stützen und zu führen. „Komm, ich fahre dich zu Dr. Sanders."

Bitte nicht.

214

Ich mag unsere typische Kleinstadtpraxis nicht sonderlich. Von dem sterilen Geruch, der dort herrscht, wird mir immer übel. Außerdem habe ich eine Abneigung gegen Spritzen. Und gegen Nadeln, mit denen kein Stoff genäht wird. „Können wir nicht nur ein Pflaster verwenden? Es wäre möglich zwei übereinander zu kleben, dann wird die Blutung schon aufhören."

Rick bleibt stehen und sieht mich völlig entgeistert von meinem Vorschlag an. Sein Gesicht ist sicher blasser als meins. Gerade sollte ich wohl besser ihn stützen.

„Du hast eine Messerwunde, Millie."

„Ja, das weiß ich. Aber es ist nur ein Kratzer. Nichts Wildes. Ich habe mich schon schlimmer an einer Papierkante geschnitten. Die Klinge hat mich nur ein wenig geschrammt."

Rick seufzt und reibt sich die Stirn. Das Gespräch stresst und überfordert ihn. Er möchte mir gerne nachgeben, sorgt sich aber zu sehr.

„Bestimmt hast du jetzt anderes zu tun, als den einzigen Arzt der Stadt wegen einer Lappalie aus seinem Feierabend zu holen." Ermunternd stupse ich ihn an. „Du bist der Sheriff. Müsstest du dich jetzt nicht mit deinem Team besprechen? Die Tonaufnahmen checken oder Ähnliches?"

Rick wirkt unentschlossen. Allerdings sieht er aus, als müsste er genau das tun.

„Bring mich zu Betsy", sage ich kurzentschlossen, weil er sich nicht darauf einlassen wird, mich nach Hause zu fahren und allein zu lassen. „Sie kann die Wunde genauso gut versorgen wie Dr. Sanders. Außerdem erwartet sie sowieso eine genaue Berichterstattung des Abends."

Dass es meiner Freundin bei der Berichterstattung eher um den romantischen Teil dieses Arbeitsessens geht, als um Quentin Silvers Geständnis, verrate ich Rick nicht. In Betsys Augen sind der Sheriff und ich das perfekte Paar. Sie wird enttäuscht sein, wenn sie hört, dass wir nicht über die Vorspeise hinausgekommen sind.

Rick zögert noch. Er scheint hin- und hergerissen, was bei einem Mann von seinem Kaliber irgendwie süß ist. Hoffentlich macht er sich keine Vorwürfe, weil ich unter seiner Aufsicht verletzt wurde. Wenn ich länger darüber nachdenke ... er ist eindeutig der Typ für Schuldgefühle.

„Lass uns gehen." Die Initiative ergreifend setze ich mich in Bewegung. „Entweder *du* bringst mich oder jemand aus deinem Team macht es. Betsy Summer hat eine halbe Apotheke zu Hause. Sie ist kompetent und durchaus in der Lage, eine Schnittwunde wie meine zu versorgen." Sanft tätschele ich ihm den Arm. „Vertrau mir in der Angelegenheit."

Rick seufzt wieder, aber diesmal nickt er zusätzlich. „Na schön. Du hast gewonnen. Ich bringe dich zu deiner Wunschkrankenschwester und hole dich dort ab, sobald ich im Büro fertig bin." Sein Kopf dreht sich in meine Richtung. „Wehe, du wirst ungeduldig und gehst allein nach Hause – oder lässt dich von Betsy bringen."

Meine Mundwinkel zucken.

Wie süß.

„Würde mir nie einfallen, Sheriff." In mich hineinschmunzelnd lehne ich mich gegen den starken Männerkörper und überlasse dem Oberhaupt der Stadt an meiner Seite die Führung. Seine Fürsorge macht etwas mit mir. Es fühlt sich neu und doch irgendwie vertraut an.

John war während unserer Ehe stets ein liebevoller und hilfsbereiter Ehemann. Er hat mich vergöttert und wollte stets für mich da sein. Dass ich an Rick nun ein ähnliches Benehmen bemerke, macht etwas mit mir – mit meinem Innern. Diese vertraute Wärme habe ich schon lange nicht mehr gespürt.

Sein Auftreten und Handeln könnte auf seinen Beschützerinstinkt als Sheriff zurückzuführen sein. Oder er mag mich wirklich.

***

Zwei Stunden später, es ist mittlerweile kurz vor dreiundzwanzig Uhr, steht Rick vor Betsys Tür. Ich liege unter drei Wolldecken begraben auf der Couch und bin kurz davor ins Land der Träume abzudriften.

Kaum hatte Rick mich bei der besten Apothekerin von Beverlie Hills abgesetzt und mich ihrer Obhut überlassen, wurden mir die Knie weich. Ganz schlimm butterweich. So fühlt es sich wohl an, wenn das Adrenalin den Körper verlässt und die Erschöpfung die Oberhand erlangt. Kaum hatte ich mich auf die Couch gesetzt, fing ich auch schon an zu zittern.

Betsy hat umgehend meine Versorgung eingeleitet. Die bestand aus liegen bleiben und anderen die Führung überlassen. Da ich mich plötzlich wie durchgekaut und ausgespuckt fühlte, hatte ich keine Einwände.

Jetzt, nachdem ich mich ausgeruht habe, geht es mir schon deutlich besser. Ich bin nur müde und ein wenig hungrig. So reichhaltig war die Vorspeise, die Silver für uns zubereitet hat, dann doch nicht.

„Wie geht es dir?", fragt Rick im Türrahmen stehend und mit verschränkten Armen. Er trägt immer noch den stilvollen und seine Figur umschmeichelnden Anzug, dem jetzt ein Einstecktuch fehlt. Er sieht mich besorgt an, als würde ich gerade aus dem Operationssaal kommen und wäre nur knapp dem Tod entgangen. Der Deckenhaufen auf mir verrät viel zu viel von meinem momentanen, fragilen Zustand.

„Gut." Zufrieden endlich nach Hause gehen zu können, schiebe ich die Decken weg und schwinge die Beine vom Sofa. „Alles ist super gut." Zum Beweis hebe ich die Hand, die von Betsy professionell versorgt und verbunden wurde. Von zwei doppelt und übereinander geklebten Pflastern wollte meine Freundin natürlich nichts wissen. „Können wir auf dem Weg zu mir irgendwo anhalten und noch etwas zu Essen besorgen?" Mein Magen mischt sich ein und gibt einen Laut von sich, der eher in einen Horrorfilm gehört als in einen Körper.

Peinlich berührt lege ich mir die unverbundene Hand auf den Bauch.

„Entschuldige. Ich wollte Betsy nicht zusätzlich Arbeit machen, weswegen ich sie nicht nach einem kleinen Snack gefragt habe", rechtfertige ich mich im Flüsterton, damit meine Freundin nichts mitbekommt. Auf keinen Fall soll sie denken, dass ich mit ihrer Erste-Hilfe-Maßnahme unzufrieden bin.

Der Mann vor mir bewegt sich, kommt auf mich zu und streckt die Hand aus. „Alles, was wir gleich brauchen, habe ich im Auto."

Echt?

Froh, dass zu hören, ergreife ich die dargebotene Hand und lasse mir aufhelfen. Ein bisschen wackelig fühle ich mich noch. Der Tag hatte eindeutig zu viele Aufs und Abs.

Kurz fasse ich mir an den schmerzenden Po, bevor Rick mir einen Arm um die Schultern legt und mich zur Tür führt, wo Betsy auf uns wartet. Bestimmt bekomme ich an meinem Hinterteil einen kontinentalgroßen blauen Fleck.

Warum grinst meine Freundin so merkwürdig unterdrückt? Und warum ist sie nicht mit Rick ins Wohnzimmer gekommen? Diese Ungereimtheit fällt mir erst jetzt auf.

Zur Hölle!

Welche Weichen glaubt sie verdammt noch mal stellen zu müssen?

„Danke für alles", sagt Rick, während meine selbsternannte Krankenschwester uns die Wohnungstür aufhält. „Schreib eine Rechnung für Millies Behandlung und das Verbandsmaterial und bringe sie mir alsbald ins Büro."

„Mach ich doch glatt, Sheriff Moreno." Betsy kichert leise.

Was hat dieses Kichern zu bedeuten?

Auf keinen Fall werde ich zulassen, dass Rick für meine Behandlung bezahlt. Warum auch? Für ein Verbandspäckchen und ein bisschen Alkohol, kann ich selbst aufkommen.

Außerdem hat die stets hilfsbereite Betsy noch nie Geld von mir für ihre Dienste haben wollen. Ganz sicher wird das auch heute der Fall sein. Ein guter Grund, um ihr eine Premierenkarte für *Glücksdrachen können nicht fliegen* zu schenken.

Zu erledigt, um das heute noch auszudiskutieren oder mich zu wehren, bedanke auch ich mich und lasse mich von Rick zu seinem SUV führen. Kaum auf dem Beifahrersitz platzgenommen, steigt mir der Duft von Essen in die Nase. Warmen chinesischen Essen, das absolut verführerisch und frisch gemacht riecht.

29

„Woher hast du das *Kung Pao Huhn*?" Ausgehungert werfe ich einen Blick in die Tüte, die im Fußraum steht.

„Furio Rizzo hat für uns gekocht", antwortet Rick und startet den Motor.

„So spät kocht er für uns?" Soweit ich weiß, schließt die Küche des Mandarin um zweiundzwanzig Uhr.

„Wenn der Sheriff es verlangt ... dann ja."

Schwingt da eine doppelte Ladung Autorität mit?

In den richtigen Momenten hat Alphamännchengetue einen gewissen Reiz. Gerade erlebe ich so einen Moment.

Sofort fühle ich mich auf zwei Arten hungrig. Die eine lässt sich mit Hühnchen stillen, die andere nicht.

Ich nehme die noch warme Papiertüte auf den Schoß und halte sie wie ein Heiligtum fest, während Rick bis zu meinem kleinen Häuschen an den Redfish See fährt. Es herrscht eine angenehme Stille im Auto. Offensichtlich hat keiner von uns das Bedürfnis zu reden. Zu viel ist in den letzten Stunden passiert. Wir brauchen beide ein wenig Schweigen.

Ob Rick mich gleich über die nächsten Schritte der Polizei aufklären wird? Mich würde interessieren, wie es nun mit Quentin Silver weitergeht.

Vor der Haustür angekommen, überlasse ich Rick unser Essen und schließe die Tür auf. „Geh bitte schon mal in die Küche vor. Ich ziehe mich schnell um. Es wird höchste Zeit, dass ich aus dem unbequemen Fummel herauskomme."

Rick mustert erst besagten Fummel und anschließend mich und meine mittlerweile verstrubbelte und plattgelegene Frisur. Er sieht aus, als wollte er einen Kommentar abgeben, verkneift es sich aber im letzten Augenblick.

„Lass dir Zeit", weist er mich an. „Ich finde mich in deinen Schränken zurecht."

Daran zweifele ich nicht.

„Auf keinen Fall, werde ich trödeln und das so wunderbar duftende *Kung Pao Huhn* kalt werden lassen." Mit den Worten tauche ich ins Schlafzimmer ab.

***

Zurück in der Küche, hat mein Begleiter des Abends das Jackett ausgezogen und den obersten Hemdknopf geöffnet. Seine Krawatte scheint Rick schon im Polizeirevier abgelegt zu haben. Die hat eben schon gefehlt.

„Nett." Rick deutet auf meine Yogapants, die keine Rundung meiner Hüften verbergen, aber unglaublich bequem sind. „Nicht mit dem sexy Kleid zu vergleichen, aber durchaus reizvoll."

„Danke." Es wäre gelogen, würde ich behaupten, sein Kommentar schmeichele mir nicht. Hoffentlich werde ich gleich nicht rot.

„Reichst du mir eine Gabel?" Mit hohen Erwartungen setze ich mich vor die geöffnete Take-away-Box, die Rick bereits auf den Tisch gestellt hat. „Ich würde dir gerne meine Fähigkeiten mit Stäbchen zu essen demonstrieren ...", winkend hebe ich die verbundene Hand, „... aber meine Stäbchen-Hand fällt vorerst aus."

„Wir sind nicht mehr im Asia Garden." Rick greift nach seiner Gabel. „Essen wir direkt aus der Packung und genießen einfach die Ungezwungenheit."

Ein Stöhnen, viel lauter als ich es je in einem Restaurant ausstoßen würde, kommt mir über die Lippen, kaum dass ich den ersten Bissen im Mund habe. „Dieses Hühnchen ist verdammt köstlich – vorzüglich", spreche ich mit vollem Mund. „Wie kann Silver behaupten, dass das Essen im Mandarin fade schmeckt?"

„Als Experten für Mikrowellengerichte sind wir bestimmt leicht zufrieden zu stellen." Rick lächelt genüsslich schlemmend. „Unsere Latte hängt nicht so hoch wie die eines studierten Kochs."

„Wahrscheinlich hast du recht." Ricks Gegenwart in meiner Küche fühlt sich vertraut an, obwohl wir noch nie privat zusammen gegessen haben.

„Was hast du dir eigentlich dabei gedacht, Quentin Silver derart zu reizen?"

Achtung! Aufgepasst! Jetzt kommt es.

„Wieso?" Mich unwissend stellend, versuche ich der Strafpredigt zu entgehen.

„Glauben Sie auch, Mr Silver, das Mian Han und Bo Park hinter Ihrem Rücken ein Komplott geschmiedet haben?", imitiert Rick meine Stimme ziemlich gekonnt. „Einen Mörder zu reizen ist nie eine gute Idee, Millie. Die Situation hätte um einiges schlimmer eskalieren können."

Den Vorwurf habe ich erwartet. Ricks Blick, nachdem ich Silver die Frage gestellt habe, hat schließlich Bände gesprochen.

„Bitte entschuldige, aber irgendwie mussten wir vorankommen." Etwas zu heftig stochere ich in meinem

Hühnchen. „Du hast die Rolle des wütenden Sheriffs übrigens sehr gut gespielt. Magnus wäre von deiner Leistung bei dem Dinner überzeugt gewesen."

Der Mann, der unglaublich gut in meine Küche passt, schüttelt den Kopf, erwidert aber nichts. Zum Glück. Auf eine Predigt, dass ich hätte vorsichtiger agieren müssen, habe ich nach dem Erfolg des Abends nämlich keine Lust.

„Wie geht es jetzt weiter?" Das letzte Stückchen Hühnchen wandert in meinen Mund.

„Komm morgen zur Sheriffstation, dann können wir eine Anzeige aufnehmen."

„Warum?" Vor Überraschung lasse ich die Gabel sinken. „Was für eine Anzeige? Habe ich etwas verpasst?"

Rick deutet auf meine Hand. „Dieser Messerwurf war Körperverletzung, Millie. Silver hat vorsätzlich gehandelt." Seine Stimme verändert sich, nimmt einen formellen Ton an. „Dafür muss er zur Rechenschaft gezogen werden. Unabhängig von den anderen Taten, die er begangen hat."

„Äh ... eigentlich wollte ich nur wissen, wie es um Silver und sein Geständnis steht." Keine Ahnung, ob ich morgen Anzeige erstatten möchte.

„Wir werden sehen", antwortet Rick und hält inne. Offensichtlich überlegt er, wie viel er mir anvertrauen kann. „Er hat bereits einen Anwalt kontaktiert, der höchstwahrscheinlich morgen in aller Frühe in Beverlie Hills auftauchen wird." Rick legt die Gabel weg. „Silver wird für die Morde an Mian Han und Bo Park zur Rechenschaft gezogen. Entweder er ist geständig, wovon ich ausgehe, oder die Beweislast des heutigen Abends reicht für eine Verurteilung aus." Ein Seufzen kommt ihm über die Lippen. „Möglicherweise musst du vor Gericht aussagen. Es liegt nicht in meiner Macht, das zu verhindern."

„Hm." Ich glaube, damit hätte ich kein Problem.

Einen Moment schweigen wir, jeder in seine Gedanken versunken.

„Was glaubst du, ... wie hat Silver wohl den toten Mian Han vom Asia Garden zum Theater geschafft?" Sam ist schuld an dieser Frage. Er hat mir den Floh ins Ohr gesetzt.

Rick zuckt mit den Schultern, steht auf und wirft die leere Take-away-Box in den Müll. „Mit einer Schubkarre."

Meine Augenbrauen heben sich bis unter den Haaransatz.

„Ernsthaft? Woher weißt du das?"

„Geraten." Rick grinst, als hätte er einen schlechten Witz gerissen. „Millie, es ist nicht unsere alleinige Aufgabe sämtliche Details herauszufinden. Spätestens im Prozess werden alle Einzelheiten geklärt."

Bestimmt hat er recht. Weil auch ich aufgegessen habe, erhebe ich mich und gehe zum Mülleimer, dabei verziehe ich das Gesicht. Grundgütiger. Mein Hintern schmerzt bei jedem Schritt.

„Tut dir noch etwas anderes weh?" In Ricks Stimme liegt Besorgnis. Sein prüfender Blick klebt auf meiner verbundenen Hand, die ich reflexartig auf die schmerzende Stelle unter meinem Lendenwirbelbereich gelegt habe.

Wie antworte ich auf die Frage?

„Äh ..." *Einen Einfall bitte.*

Unter keinen Umständen möchte ich mit dem Sheriff der Stadt über den blauen Fleck an meinem Hintern sprechen. Wie verdammt unsexy wäre das. Mein wunderschön geplanter romantischer Abend soll anders enden.

„Äh … nein." Den Kopf schüttelnd nehme ich die Hand von meinem Allerwertesten, der gerade zu viel Aufmerksamkeit bekommt. „Keine Schmerzen. Ich habe nur über Betsys Bemerkung nachgedacht. Genau. Nur deshalb habe ich das Gesicht verzogen."

Guter Einfall, Millie.

„Welche Bemerkung?"

„Na, dass mir durch den verbrecherischen Verlauf des heutigen Abends ein spektakulärer Abschiedskuss des Sheriffs entgangen ist."

Stille.

Rick presst die Lippen aufeinander und sieht mich nur mit unerwartet wachem Ausdruck in den Augen an. Seine Miene kann ich beim besten Willen nicht deuten. Seine Gedanken auch nicht.

O Gott, vielleicht war der Einfall doch kein so guter. Jetzt nur nicht verspätet rot werden.

Der Mann, in meiner plötzlich viel zu kleinen Küche, macht einen Schritt auf mich zu. In Erwartung auf alles, was da an männlicher Faszination auf mich zukommt, halte ich die Luft an.

Bitte ja!

Ein Kuss würde mich womöglich alle Schmerzen vergessen lassen. Sogar die peinlichen an meinem Hinterteil.

„Unser Abend ist noch nicht zu Ende." Rick nähert sich und steht plötzlich ganz dicht vor mir. „Betsy hat keinen blassen Schimmer, wie ich mich von dir verabschieden will.“

Hat sie nicht?

Ich schaffe es gerade noch Luft zu holen, bevor Rick mit beiden Händen meinen Kopf umfasst und seinen Mund auf meinen drückt.

Epilog

... oder der letzte Akt

Millies 30. Geburtstag

Sollte es mich misstrauisch stimmen, dass mir heute noch keiner zum Geburtstag gratuliert hat? Es ist schließlich schon Nachmittag. Die Frage ist wahrlich nicht leicht zu beantworten.

Was ist aus meiner Überraschungsparty geworden, bei der Rick meine Hilfe wollte? Da er in den letzten Wochen kein Wort mehr darüber verloren hat, habe ich gehofft, die Party wäre nach dem *Mordstrubel* vom Tisch. Oder zumindest so klein und überschaubar, dass Rick keine Hilfe braucht, um ein paar Luftschlangen und Ballons für mich aufzuhängen.

Aber jetzt!

Je näher der Abend rückt, desto größer werden meine Zweifel. Es ist zu friedlich um mich herum. Gefühlt vergeht kein Tag ohne Drama. Aber heute ...

Ist das die Ruhe vor dem Sturm? Mir schwant Übles.

Magnus hat sich schon den ganzen Tag merkwürdig verhalten. Er wirkt zerstreut und treibt sich nicht zum ersten Mal in den letzten Tagen im Materiallager

herum. Was zur Hölle sucht der Regisseur da? Party-
deko? Und warum weicht er all meinen Fragen aus
oder hat es plötzlich eilig von mir wegzukommen, sobald ich nachfragen möchte?

Seit Magnus' persönlicher Assistent von sich aus gekündigt hat, läuft alles im Theater wieder seinen ge-
wohnten Gang. Unsere spezielle Rauswurf-Taktik ist
aufgegangen. Ryans Gesicht, als er Bills Bart gesehen
hat, war ein wahres Fest und eine Bestätigung für mein
Können. Er hat Bills lange Nasenhaare registriert und
sich direkt ins Gesicht gefasst. Volltreffer!

Womöglich sollte ich mich schämen. Die feine engli-
sche Art war die Aktion nicht. Aber so haben wir ein
Problem weniger und Magnus ist fürs Erste geheilt. In
diesem Jahr wird er mich garantiert nicht erneut um
einen Regieassistenten bitten.

Die Premiere von *Glücksdrachen können nicht fliegen* war ein voller Erfolg. Ich bin mächtig stolz auf die
Schauspieler und mein spektakuläres Bühnenbild. Bill
sah im Scheinwerferlicht fantastisch aus. Die Idee,
mein Riesenbaby im letzten Akt zur Decke schweben
zu lassen, hat alle Zuschauer begeistert. Die erste Reihe
ist sogar aufgestanden, um eine bessere Sicht auf den
rot-goldenen Glücksdrachen mit den Glupschaugen zu
haben. Für ein kleines Theater wie unseres ist dieser
Move sehr abenteuerlich. Eine wahre Sensation.

Liam und Noah schlurfen mit ihren gelben Putzhand-
schuhen an mir vorbei. Ihre Blicke sind gesenkt, wie
immer, wenn sie mir im Bereich hinter der Bühne über
den Weg laufen. Ob ihre Reue gespielt oder echt ist,
kann ich nach der einen Woche, in der sie für das Theater arbeiten, noch nicht sagen.

„Habt ihr vor dem Eingang gefegt und die Toiletten für die Darsteller geputzt?", halte ich sie auf. Mein Blick und meine Stimme sind streng.

Natürlich sollte ich keine Genugtuung empfinden, die Jungs hin und her zu scheuchen und sie mit unliebsamen Aufgaben zu beauftragen. Aber ich tue es trotzdem. Sie haben meinen Glücksdrachen geklaut und eine Bierparty mit ihm veranstaltet, bei dem sein Rumpf und auch sein Kopf Schaden genommen haben. So schnell vergesse ich einen sinnlosen Unfug wie diesen nicht.

Alle fünf Teenager sind, wie erwartet, vom Gericht zu Sozialstunden verdonnert worden. Sozialstunden, die sie im Theater ableisten müssen, so wie ich es mir heimlich gewünscht habe.

„Alles erledigt, Miss Hargrove", antwortet Liam, der zugegeben hat, die Lieferung der Speditionsgesellschaft quittiert zu haben. „Wir räumen noch schnell unseren Kram weg und gehen anschließend zur Party."

Bitte?

Was war das für eine daher gesagte Äußerung? Und warum klang Liams Stimme schüchtern, fast schon ängstlich? Der Junge wirkt niemals verunsichert. Er ist der Draufgänger von den Fünf.

Kaum gedacht, schießen mir weitere Fragen durch den Sinn.

Von welcher Party sprechen die beiden? Haben sie sich verquatscht? Gibt es doch eine Überraschungsparty für mich? Oder meinten sie ein weiteres Gelage mit ihren Bier-Freunden?

Verdammt! Da läuft doch was.

Eigentlich mag ich keine Überraschungspartys. Ich hasse sie sogar. Aber wenn niemand einem zum Geburtstag gratuliert, ist das auch irgendwie blöd. Vergessen werden will ich schließlich auch nicht.

„Auf welche Party geht ihr?" Gerne hätte ich meine Neugier versteckt und mich zurückgehalten, aber es geht nicht. Der Drang, alles erfahren zu müssen, ist zu groß.

Da ist ein Schmunzeln auf Liams Lippen. Eindeutig. Ich bilde mir dieses Mundwinkelzucken nicht ein. Es ist da und hat sicher auch etwas zu bedeuten.

Noah packt Liam an der Schulter und schiebt seinen Freund von mir weg. „Wir gehen in den Asia Garden ... äh ... und wir sind schon mächtig spät dran. Entschuldigen Sie, Miss Hargrove, aber wir müssen uns echt beeilen."

Verstehe. Mehr Beweise brauche ich nicht.

Nachdenklich starre ich den fliehenden Teenagern, die sich gegenseitig mit den Schultern anschubsen, hinterher.

Gute Idee von Betsy und Rick den leerstehenden Asia Garden für meine Geburtstagsfeier auszuwählen. Dort ist genügend Platz und eine Küche. Einen Kühlraum für Getränke gibt es auch.

Was mich wohl erwartet?

Höchste Zeit es herauszufinden.

Bevor ich es den Jungs gleichtue und zum Asia Garden gehe, werfe ich noch einen Blick in den Spiegel und überprüfe mein Aussehen. Sollte ich gleich von ganz Beverlie Hills angestarrt werden, möchte ich keine Staub- oder Dreckspuren vom heutigen Bühnenumbau im Gesicht haben.

***

Auf dem kurzen Weg zum Restaurant kommen mir erste Zweifel. Was ist, wenn ich mich täusche und das dortige Fest gar nicht für mich ist?

Dann blamierst du dich vor allen Leuten bis auf die Knochen, Millie.

Was für ein schrecklicher und zugleich erbärmlicher Gedanke. Meine Schritte werden kürzer, bis ich ganz zum Stehen komme. Sind Liam und Noah überhaupt eine zuverlässige Informationsquelle oder ist das nur ein Versuch von den beiden, sich an mir für das Toilettenputzen in den letzten Tagen zu rächen? Noch kann ich umkehren, mein Vorhaben abbrechen.

Angespannt hole ich Luft und sehe mich um, achte auf Kleinigkeiten. Alles könnte mir einen Hinweis geben, ob ich mit meiner Vermutung richtig liege.

Niemand ist auf der Straße, kein Auto und auch kein Fußgänger. Der Stadtkern scheint wie leergefegt. Fehlt nur noch, dass ein vertrockneter Wüstenbusch an mir vorbeirollt.

Du übertreibst, Millie.

„Geh weiter!", weist eine vertraute Stimme hinter mir mich an. „Mach nicht alles kaputt, was wir uns ausgedacht haben."

Erleichterung und ein Glücksgefühl, das sich nach mehr anfühlt, überrollen mich. Ich habe mich nicht getäuscht. Ich bekomme eine Party zu meinem dreißigsten Geburtstag.

„Sheriff Moreno." Mit einem verschmitzten Lächeln auf den Lippen drehe ich mich um. Rick trägt seine Sheriffuniform und das Gesicht eines strengen Gefängniswärters. Sogar die Hand hat er an den Gürtel gelegt, wo seine Handschellen baumeln. Ganz das autoritäre Oberhaupt der Stadt.

„Miss Hargrove." Er verzieht keine Miene und kommt auf mich zu, als wollte er mich mit seinem Körper in die richtige Richtung drängen. „Gehst du freiwillig, oder muss ich Maßnahmen ergreifen?" Mit dem Kinn deutet er Richtung Asia Garden.

Grundgütiger. Meine Knie verwandeln sich in Pudding. Schlabberpudding, dem jegliche Konsistenz fehlt.

Bestimmt hat Rick die Äußerung nicht in diesem rauchigen Tonfall aussprechen wollen. Aber Himmel, ich bin auch nur eine Frau und mir ist die unterschwellige erotische Wirkung dieser Worte nicht entgangen.

Am liebsten würde ich mir Luft zufächeln. Aber weil jetzt nicht der richtige Zeitpunkt für verführerisches Geplänkel ist, tue ich, was von mir verlangt wurde, und setze mich in Bewegung. Nicht allzu schnell natürlich. Es gefällt mir, nah neben Rick zu sein, der längst zu mir aufgeschlossen hat. Zu gerne würde ich mich bei ihm einhaken und ihn fragen, was mich in wenigen Augenblicken erwartet.

Aber ... warum eigentlich nicht?

„Ihr habt eine Party organisiert?", gebe ich dem Drang nach und stecke die Hände in die Hosentaschen.

„Das haben wir."

„Habt ihr die ganze Stadt eingeladen?" Glucksend ziehe ich eine Hand aus der Hosentasche und mache eine ausschweifende Geste. „Die Straßen sind wie leergefegt."

„Selbstverständlich." Rick grinst breit und überaus zufrieden. „Alle *Beverlie Hillies* sind eingeladen worden."

Der vielversprechende Tonfall lässt mich erschaudern und sorgt dafür, dass ich stehen bleibe. „Womöglich sollte ich umkehren und rennen." Ich mache nur Spaß.

„Du kannst es versuchen. Aber ich bin schneller als du und würde dich einfangen." Rick zieht mich an seine Seite und legt mir den Arm um die Schultern. Das ist viel besser als Einhaken. Sofort ist jeder Gedanke an Flucht verschwunden. Zufrieden lehne ich mich gegen ihn. Seine Nähe ist mir mittlerweile zu vertraut, um es nicht zu tun.

„Hm", schinde ich Zeit.

„Außerdem würdest du bei einer Flucht kein Geburtstagsgeschenk von mir bekommen." Rick zwinkert vielversprechend „Und ich bin mir absolut sicher, dass du *dieses* Geschenk haben möchtest."

Verflixt! Ich bin schwach, so verdammt schwach.

„Na schön." Mein Blick wandert hoch in sein Gesicht. „Du hast mich am Haken. Was hast du Verlockendes für mich gekauft?"

Rick fasst in die Jackentasche und zieht ein quadratisches Päckchen heraus, das nicht größer oder dicker ist als ein Briefumschlag.

„Alles Gute zum dreißigsten Geburtstag, Millie." Das Grinsen auf seinen Lippen, während er mir gratuliert, entgeht mir nicht. Er ist allem Anschein nach von seiner Geschenkidee überzeugt.

Was wohl in diesem winzigen, unbeholfen verpackten Haufen Papier steckt?

„Danke." Ohne zu zögern reiße ich erst die Schnur und anschließend das Klebeband ab und halte im nächsten Augenblick einen Sheriffstern in der Hand.

Mein Grinsen ist breit, breiter als gewöhnlich.

Wie wundervoll passend ist das denn?

Auf dem siebenzackigen Stern, der aus dünnem Plastik ist, steht *Hilfssheriff*. Er ist rosa mit silbernem Rand und wird mit einer Sicherheitsnadel an der Kleidung befestigt. Dieses eindrucksvolle Ehrenzeichen ist sicher das Beste was ein Kaugummiautomat zu bieten hat.

„Danke. Dein Geschenk ist großartig. Perfekt", sage ich mit emotionsgeladener Stimme und reiche Rick den Stern. „Steckst du mir den Beweis, dass ich keine Anfängerin mehr bin, an?"

Der Mann vor mir beobachtet mich, saugt jede meiner gefühlsduseligen Reaktion auf. „Na klar. Nichts würde ich lieber tun, Miss Hilfssheriffess."

Unbeweglich und still stehe ich da, während er sich an meiner dünnen Jacke zu schaffen macht. „Ich möchte dir noch mal danken, Millie. Du hast mir bei dem Fall sehr geholfen." Er schließt die Sicherheitsnadel, die für seine Finger eigentlich viel zu winzig ist. „Ohne dich wäre in den letzten Wochen sicher einiges anders gelaufen."

„Wahrscheinlich." Mir entweicht ein nachtrauerndes Seufzen, als Rick seine Hände zurückzieht. „Aber im Grunde glaube ich, dass Silver die Morde an Mian und Bo irgendwann von sich aus gestanden hätte. Er wirkte auf mich nie wie jemand, der lange mit einer Schuld leben könnte."

Rick antwortet nicht, sondern begutachtet sein Geschenk an meiner Kleidung.

„Wie steht mir der Stern?" Automatisch drücke ich den Brustkorb heraus. Sofort spüre ich den brennenden Blick auf meinem Vorbau.

Mir wird warm.

„Millie ..." Rick blinzelt und scheint mit sich ins Gebet zu gehen. Der nächste Blick spricht Bände. „Ich denke, es ist Zeit, deutlicher zu werden und die Situation zwischen uns zu klären." Lange und tief holt er Luft. „Also ... möchtest du, liebe Millie Hargrove, heute Abend nach deiner spektakulären Überraschungsparty meine Stuhlsammlung sehen?"

Die Frage wird mit einem unmissverständlichen Unterton und einem verruchten Schmunzeln ausgesprochen.

Fest presse ich die Lippen aufeinander, um nicht laut loszulachen. Seine Art herauszufinden, ob ich mich mit ihm auf ein Abenteuer einlassen will, gefällt mir. Sehr kreativ.

„Gerne möchte ich heute Abend mit zu *dir* gehen und mir deine einzigartige Stuhlsammlung anschauen, Rick. Nichts würde ich lieber tun." Sanft stupse ich ihn an. „Mein Geburtstag könnte nicht besser enden."

Beverlie Hills größter Charmeur grinst, als hätte er den Jackpot geknackt. „Gut, dann haben wir jetzt ein Ziel." Sein Arm legt sich zurück auf meine Schultern. „Lass uns diese lästige Feier schnellstens hinter uns bringen."

Gossip aus Beverlie Hills

Heiß! Heißer! Am heißesten! Anrüchiger geht es kaum. Der Deputy Sheriff Samuel Denby treibt es Vermutungen zufolge mit Beverlie Hills' neuem Starkoch Furio Rizzo. Durch dieses überraschende Bündnis ist der Traum vieler Frauen in unserer Kleinstadt geplatzt.
Beide Männer wurden auf einer Geburtstagsparty, zu der die halbe Stadt eingeladen war, eng umschlungen gesichtet. Ein guter Ort, um alle wissen zu lassen, was wirklich Sache ist. Steckt Berechnung dahinter? Niemand der Anwesenden ist sich sicher, welches Kleid atemberaubender war, Furios ärmelloses Midikleid im verspielten Vintagestil oder Sams schwarze Versuchung, die knapp unter seinem Po endete. Dafür waren die Küsse der beiden zum Niederknien, darin sind sich alle Partygäste einig. *Chapeau, Jungs!*
Wie schön ist es eigentlich frisch verliebt zu sein? Bestimmt können auch Sheriff Moreno und Stadtikone Millie Hargrove diese Frage beantworten. Wir bleiben selbstverständlich für euch dran.

Nachwort

Herzlich willkommen zurück in Beverlie Hills!

Diese fiktive Kleinstadt, die sich mit *ie* statt mit einem *y* schreibt, ist mir beim Tippen ans Herz gewachsen. Sogar so sehr, dass mir die eigentlich falsche Schreibweise gar nicht mehr auffällt. Wahrscheinlich schreibe ich das echte Beverly Hills aus antrainierter Gewohnheit bald auch immer so.

Ich hoffe, euch hat der zweite Band rund um Hobby-Ermittlerin Millie Hargrove und Sheriff Rick Moreno gefallen. Die beiden sind ein tolles ungleiches Paar und die Liebesromanautorin in mir würde ihnen gerne zu ein bisschen mehr Zweisamkeit und Liebe verhelfen. Ein romantisches Dinner reicht bei Weitem nicht aus. Mal sehen was noch kommt ... die Möglichkeiten sind auf dem Papier schließlich grenzenlos.
Morgens Mord, abends Verlobung oder *Morgens Mord, abends Hochzeit* wären doch schöne Titel für mögliche Folgebände. Was meint Ihr? Natürlich müsste ich erst noch *Morgens Mord, abends verliebt* schreiben.

Safran!
Das Edelgewürz, von dem eine Frau heiße Sexträume bekommt. Darüber müssen wir noch reden, bevor hier Schluss ist.

Bitte, bitte nicht enttäuscht sein ...
Die Tatsache ist natürlich meiner blühenden Fantasie
entsprungen. Im Zuge meiner Recherche, bin ich auf so
manches interessante Detail gestoßen, aber erotische
Träume gehörten nicht zu den Nebenwirkungen von
Safran-Extrakt. Zum Leidwesen der Frauen von Bever-
lie Hills.
In dem Sinne ... lasst es euch schmecken.